フラワーショップガールの恋愛事情

青山萌

三交社

フラワーショップガールの恋愛事情

第一章　ギガンジュームの出会い

リーフ型をした木製の壁かけ時計が昼の十二時を告げる。私はなんの気なしに、花の隙間からガラス窓の外に目を向ける。ランチに向かうＯＬたちが、楽しそうにお店の前を通り過ぎていく。

私が働くのは、東京(とうきょう)・日本橋(にほんばし)の〝Ｅｉｒｙ(エイリー)〟という花屋。ＯＬたちの衣装に春の訪れを感じていると、通りにバンが停まった。すぐに私は、お店の奥でアレンジメントの製作に没頭している店長に、花材屋の到着を伝える。

店長は「ありがとう。今、行く」と言って手を止め、笑顔を向けた。私の頬がほのかに赤く染まる。

「ごめん、胡桃(くるみ)ちゃん。これ、続きをお願いできるかな。あとはルスカスで周りを隠してもらえばいいから。ラッピングも頼むね」

「わかりました！」

私は明るく返事をし、バスケットを受け取る。〝ルスカス〟とは、葉の真ん中に小さな花が咲くユリ科の植物のことだ。

フラワーアレンジメントでは、吸水に使うスポンジが外から丸見えだと不格好なので、葉物で隠すように生けるのが基本になっている。店長の生けた花を崩さないように注意しながら、私は指示どおりに緑色のルスカスを周りに挿(さ)していく。

バスケットを回しながら、「さすがだなぁ、店長」と思わず声を漏らす。店長の手にかかると、どんな花材でも魔法にかかったように素敵な姿に変身する。きっと私が同じ花材で作っても、同じ出来にはならない。私より七つ年上の店長は私の目標だ。

Ｅｉｒｙでアルバイトを始めたのは、短大一年生の夏休みのこと。そして二年前、卒業と同時に正社員として就職した。管理栄養士を目指していたにもかかわらず、Ｅｉｒｙを選んだのには、理由が二つある。

一つは、単純にギフトの製作が好きだったから。作り終えたときの達成感は格別で、手塩にかけた作品がお客さまに喜ばれるのを見ると、大きなやりがいを感じた。

そしてもう一つは、店長への憧れから。店長のそばを離れたくなかった私は、ほかに就職先を探す気にはなれなかった。正直にいえば、仕事の先輩として尊敬しているだけでなく、ずっと私は店長――萩原薫(はぎはらかおる)に密かな片想いをしている。

Ｅｉｒｙは現在、都内に三店舗構えていて、店長は五年前にここ日本橋店がオープンしたとき、わずか二十四歳の若さでこのお店をオーナーから任された。私と同じように、大学生のときにアルバイトとしてオーナーの下で働き始め、やはり卒業と同時に就職したと聞いている。

「胡桃ちゃん、できた？」

ちょうどラッピングを終えたところで、店長が戻ってきた。隣から顔をのぞき込むように話しかけられ、鼓動が激しくなる。

「はい。こんな感じでどうですか？」

そんな心の内を気づかれないように、私は店長にバスケットを差し出し、花に視線を向けさせた。

店長は「いいね」と優しい笑顔を見せ、私の頭を一撫（ひとな）でした。胸がキュンと音を立てる。

「うん、綺麗（きれい）だね」

〝綺麗〟と言われたのはラッピングのことだとわかっているけれど、まるで自分に投げかけられた言葉のように聞こえ、身体が熱を持つ。

「三時に取りにいらっしゃるから、キーパーに入れておいてもらえるかな」

「はい」

頭に触れられていた温もりが消えていくのを寂しく感じながら、〝キーパー〟と呼ばれる生花用の保冷庫にアレンジをそっと置いた。その直後、お店の電話が鳴り響く。

「出ます！」

私はレジ横の電話へ駆け寄り、受話器を取る。

電話はお客さまからだった。私は素早く電話の横にある注文票を手に取り、相手の名前や注文内容など必要事項を書き込んでいく。最後に、注文を復唱して電話を切ると、「今日の五時に七千円の花束一つです」と、店長に伝えた。

店長はレジまでやって来ると、注文票をのぞき込み、「了解。じゃあ、これは胡桃ちゃんに任せてもいいかな？」と言った。

金額の大きな花束を作らせてもらえるようになったのは、わりと最近のことだ。少し前までは五千円までのギフトしか作らせてもらえなかった。そのため、より高価なものを任せられるたびに店長に認められたようで嬉しくなり、自然と頬が緩んでしまう。

「ありがとうございます。もう作り始めていいですか？」

「いいよ。急ぎの予約もないから。でも、五時まで時間が空いちゃうから多めに水を入れてね」

店長の言う〝水〟とは、切花栄養剤入りの水のことだ。花束の切り口に入れると花の持ちがよくなる。お店はオフィス街の一角なので、夕方になるとお客さまが増える。そのため、夕方までに受けた注文分は、先に作っておくことが多い。

「胡桃ちゃん、お渡しする相手が若い女性のようだから、これ使う？」

「えっ⁉　可愛いですね！」

店長が、今しがた花材屋から買ったばかりの、ピンクと白の大きめなチェック柄のラッピングペーパーを見せてくれる。少しラメがかった光沢のあるデザインは、たしかに女性ウケしそうだ。

「リボンもいくつか買ったから、好きなの使っていいよ」

「ありがとうございます」

「出来上がったら見せてね」

私は元気よく「はい」と答えると、さっそく、キーパーの中をのぞいて花材選びを始めた。

お任せで頼まれると、つい自分好みのものを選びがちになる。だから、一般的に女性に好まれるピンクを意識しつつ、私の好きな黄色を少しだけ入れることにした。バラやガーベラにカーネーションと、女性らしい定番の花をまずは手に取る。

花束作りで一番難しいのは、茎部分をスパイラル状に束ねながら、花の顔を綺麗に整えることだと思う。今では多少コツをつかんだけれど、ここに至るまではずいぶん苦労した。

花を束ねていると、店長が「おっ、いいね。可愛い」と横から顔をのぞかせる。店長は〝出来上がったら見せて〟と言いつつも、いつも気になって、途中経過を見に来るのがお決まりのパターンだ。

「ありがとうございます。あとはこれに、ヒペリカムとレモンリーフを入れて、ラッピングしていいですか？」

店長は「うーん、そうだな……」と顎を手で触りながら、首を傾げ花束を見つめる。花束は私の顔の近くにあるため、あまり真っすぐに見つめられると、まるで自分を見られているようで気持ちが落ち着かない。

「もう少しサービスしようか。ギガンジュームとミニバラに、そうだな、トルコもあと少し入れていいよ」

豪華な花束になりそうだな、と思いながら、指示された花を足していく。

店長はサービス精神が旺盛で、この近辺の花屋と比較すると、Ｅｉｒｙは価格に対して花の量が多い。いくら雇われ店長といえ、利益が出なければオーナーに怒られるはず。私は利益がどれくらいなのか知らないが、ときどき心配になってしまう。それでいて、店長のお客さま思いのところも好きなのだから、乙女心は複雑だ。

アドバイスに従って花を足し、改めてチェックしてもらう。ＯＫをもらうと同時に、また頭を撫でられる。店長は余韻に浸っている私とは対照的に、すぐ背を向けてしまったが、店長も私を好きなのではないかという期待に、つい胸を膨らませてしまう。

花束の持ち手を紐で縛っていると、「おはよう！」という大きく太い声が、店内に響いた。従業員の佐藤治人（さとうはると）さんだ。治人さんは三十三歳と店長より年上だが、Ｅｉｒｙに勤める前は別の花屋に勤めていたため、このお店では店長のほうが先輩になる。

「治人さん、ご苦労さまです！」

店長が笑顔を向けると、治人さんは「おう」と明るい声で言った。私も続けて治人さんに「おはようございます。お疲れさまです」と、挨拶をする。

治人さんはお店でのお客さま対応も行うけれど、この業界に詳しいため、重要な役割となる花の仕入れと配達を任されている。

私も何度か治人さんに付いて、花市場へ行ったことがある。花の競（せ）り場は、最初に設定された最高額から徐々に下がっていく〝下げセリ〟という方式が採用されていて、各席に設けられたボタンを押すことで入札するシステムになっている。値段が下がるのを待ちすぎると売り切れてしまうので、花を競るのはとても難しい。当然、花がなければ店を開けないので責任も重大だ。

治人さんは、土日以外は早朝から花の仕入れに行き、ほかの系列店にも花を下ろしてからここに来る。そのため、出勤は午後になることがほとんどだ。

「今日はお花、多いですか？」

「水曜にしてはいつもより多いかな」

毎回、私は治人さんに仕入れた花の量を聞く。今日は週の中日の水曜であるため、普段ならそれほど多くない。ギフトの多く出る土日前の金曜と、週明けの月曜は仕入れ量が増える。ちなみに木曜は鉢(はち)の仕入れ日と決まっていて、火曜はＥｉｒｙの定休日だ。

「今日は胡桃ちゃんの好きな〝レインボーローズ〟を仕入れたよ」

「わっ、本当ですか？　買って帰ろうかな」

レインボーローズとは花びらの色を虹色に染めたバラのこと。初めて店長からもらった花だから余計に気に入っている。もっとも、もらえたのは、私が茎を切りすぎて、売り物にならなくなったせいだけれど。花言葉は〝奇跡〟。いつか幸福をもたらしてくれるようにと願いをかけて、密かにスマホの待ち受け画面に設定している。

「ほんと好きだね、胡桃ちゃん。多めにとっておいてよかったよ」

そう言って、治人さんは目尻に皺(しわ)を作って笑う。優しい目元は大らかで、見方によっては鈍感そうに見えなくもないが、実際は繊細で、気遣いのできる人だと思う。

治人さんは若くして結婚し、二児の父親でもある。明らかに私より人生経験が豊富で、私の心に店長がいることにも、とっくに勘づいているに違いない。

入荷伝票を確認していた店長が、「なかなか今日はいいものが入ってますね」と顔を上げた。私はいったんギフト作りを中断して、バンから花を下ろすのを手伝うため、花鋏(ばさみ)をベルト式になっているフローリストケースにしまう。すると、店長が声をかけてくれた。

「胡桃ちゃんはギフトを仕上げちゃって。僕と治人さんでやるから」

「すみません。いいですか？」

「いいよ。綺麗に包んでね」

好意に甘えて元の作業に戻ると、店長は治人さんとお店の外に出ていった。

花を下ろすのは、結構な重労働だ。生花は量がまとまると重いうえ、大きい段ボール箱に梱包されているぶん、余計に重さが増す。

お店の中に一人になった私は、すぐにラッピング作業を再開した。花束の切り口にたっぷりと水を含ませ、ラッピングペーパーと透明のセロハン紙で包む。持ち手をリボンで結うと出来上がりだ。

ギフトが完成すると、誰もお店に来ないうちにと、スマホで写真を撮った。アルバイトを始めたときから、自分の作品はできる限り撮影している。日に日に店長を好きになっていくように、写真も歳月とともに枚数が増えていく。まるで私の想いそのものを反映しているようだ。

私が店長を好きになったのは、いわゆるひと目惚れ。店長とはアルバイトの面接で初めて会ったときから、その優しい顔立ちと大人の雰囲気に一瞬にして心を奪われた。

男の人にしては色白だけれど、おそらく身長は一七五センチを超えていて、私が重いと感じる鉢や水の入ったバケツを軽々と持ち上げる。そんなたくましさを感じさせる一方で、花と向き合うと、とても繊細で鮮やかな作品を作り上げる。

店長と一緒の時間を過ごせば過ごすほど、好きになる要素が増えていき、私は毎日想いを募らせている。

私が花束をキーパーに入れたとき、治人さんが「胡桃ちゃん終わった？　外出れそう？」と、段ボールを抱えて汗だくになりながら店内に戻ってきた。

「はい、大丈夫です。すぐ手伝います」

私はキーパーの隅に冷やしてあった、ミネラルウォーターのペットボトルを治人さんに渡した。

「あぁ、ありがとう。ほんと今日は暑いよね」

たしかに、まだ三月の初めだというのに気温が高い。

外に出ると、店長が通行人の邪魔にならないように段ボールを積み上げていた。

「店長、運んでいいですか？」

「いいよ。ありがとう」

店長の笑顔が太陽の日差しと重なって、きらきらと輝いて見える。私は一番上にある段ボールを両手で持ち上げた。一瞬ふらついたけれど、すぐに持ち直した。

「重いでしょ、平気？」

「大丈夫です」

私は姿勢を正し、少し段ボールを上下させて見せた。仕事中にか弱い女性は演じられない。普段、水替えで鍛えられているぶん、それなりに体力も力もある。

「おっ、力あるね」

店長に腕力を褒(ほ)められたことで複雑な気持ちになったけれど、私は「任せてくださ い」と笑顔で返した。

すべての箱を運び終えると、治人さんは車を駐車場に駐めに行き、お店に戻ってきた。そして、店長から「先にお昼にしてください」と言われると、治人さんは軽く会釈して、そのまま休憩室に入っていった。

昼食はいつも交代で取るが、特に順番や時間は決めていない。その日のお店の状況によってまちまちだ。ただ、あまり長く時間もとれないため、外に食べに行くようなゆとりはない。近くに勤めている友人から何度かランチに誘われたことがあるけれど、毎度断っているうちに、誘われることもなくなってしまった。

治人さんの休憩中、私と店長で予約品と販売品の花の仕分けをしつつ、水切りを進める。

店長が段ボールから花を取り出す。その爽やかで真剣な横顔も素敵だけれど、二の腕の筋肉が膨らむのを見るたびに、胸の鼓動が跳ね上がる。あの腕に抱きしめられたらどんな感じなのだろうと想像してしまう私は、店長限定の変態なのかもしれない。

一方、店長は私の視線に気がつくことなく、黙々と作業をこなしていく。すべて水切りを終えると、花を並べ売り場を整える。

花を並べる作業は地味だけれど心躍るひと時だ。花屋では一般的な開花時期よりも早く花が入荷してくるので、四季の変化を一足先に楽しめる。

それに、花屋が扱うのは生花だけではない。アレンジによく使う小さな姫りんごや枝付パイナップル、それから季節ものだとハロウィーン用の飾りカボチャや十五夜用の栗の木など、観賞用のフルーツや野菜も取り扱う。それぞれに表情があって、一年を通して飽きることはない。

水切りを始めて三十分ほど過ぎた頃、看護学生でアルバイトの長田留実（ながたるみ）ちゃんが「おはようございます」と、元気のよい挨拶とともに出勤してきた。

留実ちゃんは私より三つ年下で、しっかり者で真面目な性格だ。身体つきはややふっくらしていて、顔立ちは可愛らしい。そのうえ、いつもにこやかに笑っているから、人見知りがちな私でも、すぐ打ち解けられた。

看護学校は実習で忙しいため、シフトは不定期だけれど、留実ちゃんが出勤してくるとお店の雰囲気が明るくなる。

留実ちゃんは水切りした花の入ったバケツを見ると、「お花、すごい量ですね」といつもの笑顔で目を瞬かせた。

「うん。明日、明後日と、いつもより注文が入ってるんだよね」

店長がさっきまでの真剣な表情を和らげ、優しく答える。その表情の変化に、胸の奥がほんの少しざわつく。好きな人と近くにいられるのは幸せだけれど、ときに余計なことまで目に入ってしまい、心が憂鬱に乾く。

それは留実ちゃんに対してだけでなく、大人の綺麗な女性客が店長に熱っぽい視線を向けているのを見るたびに、私の心の中に小さな焦りが生まれる。

私の密かな想いが届く日は来るのだろうか……。

「胡桃ちゃん、続きは留実ちゃんに任せて、お昼食べちゃって」

店長の指示どおり、留実ちゃんに仕事を引き継ぎ、休憩を取ることにする。休憩室は店内の一番奥の簡単な仕切り扉で分けられたスペースだ。中には、折り畳み式のテーブルに椅子、それから小さな電子レンジと冷蔵庫がある。私が入ろうとすると、入れ違いで治人さんが出てきた。

持参した弁当をテーブルに置き、腰を下ろしたところで、店長が休憩室の扉から顔を出した。

「胡桃ちゃん、ごめんね。僕も一緒に食べさせてもらっていいかな？　五時までに花束三十束の注文が入っちゃってさ」

「あっ、はい。それは、急ですね」

店長は慌ただしく、コンビニの袋から弁当を取り出し、私の向かいに座った。お昼を一緒に取ることはめったにないため、突然の出来事に動揺してしまう。

「胡桃ちゃんは弁当作ってきたの？」

「……はい」

店長の視線が私の弁当箱に注がれていて、蓋(ふた)を開けるのが恥ずかしくなる。中身はふりかけをかけたごはんに卵焼き、ウインナーしか入ってない。

「偉いね」

褒められるとますます開けにくくなる。

「いいえ、たいしたものは入ってないですから……」

ためらいながらも蓋を取ると、店長が「美味しそう、卵焼き」と笑顔を向けた。

「え、そんな……」

砂糖の入れすぎで焦げ気味の卵焼きは、お世辞にも美味しそうには見えない。店長と食事をするとわかっていたら、もっとちゃんとしたものを作っていたのに、と後悔の念に駆られる。

私が「店長はコンビニのお弁当ばかりですよね」と話題をそらすと、店長は「まぁね」と苦笑いを浮かべた。

店長が食べ始めるのを見て、私も箸をつける。とりあえず、弁当の話から逃れたものの、落ち込んだ気持ちのまま、卵焼きを口に運ぶ。焦げた部分がほんのりと苦くて、まるで私の気持ちを反映しているようだった。

伏し目がちに食べていると、店長が「そうだ！　これあげる」と言って、コンビニの袋からチョコの箱を差し出す。それは期間限定の商品で、一度食べてみたいと思っていたものだった。

「さっきコンビニの抽選で当たったんだ。胡桃ちゃんにあげる」

「いいんですか？」

「うん。僕、食べないから」

「ありがとうございます」

チョコを手渡されるときに手が触れて、胸が震える。でも、「留実ちゃんと食べてもいいし」とひと言付け加えられ、また気持ちが沈んでいく。

笑顔を作って「はい」と答えたけれど、萎(しぼ)んだ声までは取り繕(つくろ)えなかった。

「あぁ、でも留実ちゃん、今日は短時間のシフトで休みなしだから、胡桃ちゃんが全部食べちゃって」

「あ、はい」

「内緒ね」

たまたま留実ちゃんの休憩がないおかげだけれど、〝内緒〟というフレーズに嬉しさが込み上げる。

「そういえば、胡桃ちゃんが受けた予約の時間も五時だったよね」

「あっ、はい」

「作っておいて正解だったね」

「そうですね。よかったです」

「食べたらさっそく取りかからなきゃな……」

店長の頭の中からはもうすっかり〝内緒〟の話は消え、仕事のことでいっぱいのようだった。寂しくもあるけれど、仕事に夢中で呟(つぶや)く姿に思わずうっとりしてしまう。

店長は早く製作に取りかかりたいのか、急いで食事を済ませると、先に休憩室を出た。ひと足遅れて私も食べ終えると、もらったチョコを大切にバッグにしまい、売り場に戻る。

治人さんと留実ちゃんは接客に忙しいようで、予約分は手つかずだった。しかも、お店の外には別のお客さまが鉢を手に取り、悩んでいるように見える。一人もお客さまが来ない時間もあるのに、忙しいときに限って不思議と重なる。

「胡桃ちゃん、接客はあの二人に任せて、僕たちは予約品を作るのに専念しよう」

「はい」

「僕が花を出すから、それで作っていってくれる？」

「わかりました」

　私と店長はラティスで仕切っている小さな作業場で作業を開始した。量の多い注文品や結婚式の装花、葬式の供花を製作するときなどは、ここを使う。店長の花材選びは的確で、キーパーから花を迷わず取り出していく。

　一組目の花材を出し終えたとき、留実ちゃんが困った顔でこちらに駆け寄ってきた。

「店長、すみません……」

　まだ慣れない彼女はよく店長に助けを求める。

「ん？」

「あちらのお客さまがお花を送りたいそうなんですが、ご要望が多くて……。来ていただけますか？」

　発送の注文は複雑だ。店長はうなずくと、キーパーの扉を閉めた。

「胡桃ちゃん、とりあえず、それで作っててもらえるかな。長さはそうだな……」

　店長はアレンジ台に寝かせた花の茎を指で切るふりをして、「これくらいで」と指示を出した。

　私は長さを忘れないように、店長に言われた長さで一本だけ茎を切る。それからバケツに水を張り、花材を入れた。

　私に背を向けて立つ店長の後ろ姿と、すぐ隣にいる留実ちゃんの姿が視界に映る。アルバイト時代や入社したての頃は、私も店長にずいぶん助けてもらった。今ではそうした機会は激減し、それだけ成長した証しかもしれないけれど、寂しくもある。

　特に店長と留実ちゃんの様子を目の前にするとなおさらで、うらやましく思ってしまう。さっきのチョコも留実ちゃんがいれば、きっと彼女に渡していたに違いない。

　私は暗くなる気持ちを、首を小さく振って追い出した。

　私が花束を一つまとめ終えたところで店長が戻ってきて、花束作りに加わる。店長の作業スピードは私の倍近い。私もつられるように、自然と手の動きが速くなる。

「胡桃ちゃん、まだ時間あるからゆっくりでいいよ」

　経験の浅い私は焦ると雑になってしまう。

「はい……」

　的確な指摘に、私は下唇を噛んで、先ほどより丁寧に作ることを重視した。当分は、店長の域に届きそうにない。

　途中で治人さんも加わり、あっという間に三十束の花束を作り終えた。隅にバケツを並べ、花束を二つずつ入れていく。まるでフロア一面が花畑になったようだ。

　仕上げの作業となるラッピングは私も得意なほうだけれど、やはり店長や治人さんにはかなわない。

「胡桃ちゃん、ループリボン作ってくれる？　できるだけ色違いになるように」

「わかりました」

　さっそく、輪を重ねて結うループリボンを作っていく。今でこそ上達したけれど、ラッピングもリボン作りも、もともと不器用な私は覚えるのに時間がかかった。それでも店長は嫌な顔を見せることなく、辛抱強く指導してくれた。

　教わったときの距離の近さを思い出すと、今も胸がドキドキする。どうして好きな人のことは、こんなにも簡単に記憶の中から取り出せるのだろう。

　来店したお客さまからギフトの注文が入り、作業を途中で中断することになって少し焦ったけれど、四時前には無事に全てのラッピングを終えた。

「頑張ったね、胡桃ちゃん」

　店長が私の頭を一撫でし、作り上げた花束を一つひとつ確認し始める。

　ほかの女性には触れてほしくない……。そんなことを思いながら、店長の横顔を無意識に見ていると、突然、店長が顔を私に向けたため、心臓が止まりそうになる。

「この花束のお客さま、別の花屋で注文していたんだけど、来週だと聞き間違えられていたらしいんだ。しかもどうにもならないと言われて、急きょ、うちのお店に来たんだよ」

「そうだったんですか……。お客さまも大変でしたね」

「うん。相当取り乱してた。だからこそ、多少無理してでも、受けてあげないとって思ったんだ」

日にちの間違えはしたことはないものの、小さなミスはときどき起こる。明日は我が身かもしれない。

「ここに流れてきてくれたのはありがたいけど、僕たちも気をつけよう」

店長には、普段から〝小さな信用が重なって大きな仕事に繋(つな)がる〟と言われている。きっと日にちを間違えた花屋は、このお客さまから二度と注文が入ることはないだろう。花屋は基本的にはお客さまを待つ商売だ。だから、一期一会にベストを尽くすしかない。

そんなことを考えていると、留実ちゃんが少し興奮した様子で駆け寄ってきた。

「店長、須賀原(すがわら)さまという方がいらっしゃいました」

「須賀原さま？」

「はい。五時に花束を予約している方らしいんですが、早めに欲しいから、先に作れないかとおっしゃっていて……」

私はその名に覚えがあった。

「留実ちゃん、それ、私が受けたやつだ」

私は店長に目配せをして、お客さまの元に行く。

「いらっしゃいませ。お待たせいたしました」

「どうも」

その人はとても長身で、店長より背が高かった。濃くもなく、薄くもない整った目鼻立ちをしていて、ここ最近お店に訪れたお客さまの中で、断トツと言っていいほどの美形だった。

「昼間にお電話でご注文いただいた須賀原さまでいらっしゃいますか？」

「はい。予約の時間は五時だったんですが、すみません、できれば今作れますか？」

彼はやや腰を屈めて、請うように私の瞳をのぞく。

「大丈夫です。準備してあります」

「え、本当？　よかった……」

すると、彼はよほど安心したのか、敬語を崩した。

「今、お持ちいたしますね」

「ありがとう」

早めに作っておいて正解だった。私はホッとしつつ、キーパーの中から花束を取り出し、花首が下を向いている〝水が下がった花〟がないかを確認する。店長も隣からのぞき込む。

「大丈夫ですか？」

問題なさそうに見えるけれど、念のため、店長に確認を仰ぐ。

「うん、大丈夫。綺麗に仕上がっている」

「ありがとうございます」

店長の褒め言葉は何よりの自信になる。好きな人の〝大丈夫〟はまるで魔法の言葉だ。

私は鮮度を保つ活性剤のミストを花束にスプレーし、お客さまの元へ向かった。

「お待たせしました」

「いえ。ありがとうございます」

「こちらでいかがですか？」

私はお客さまに花束を傾け、花の上面を見せるようにした。

「大丈夫です。とても綺麗です。これは君が？」

「はい……」

「そう」

ギフトをお客さまに渡す際、誰が作ったのか、時折尋ねられるが、いつも答えるのに緊張してしまう。

「メッセージカードはお付けしますか？」

「いや。領収書をもらえるかな」

「はい。宛名は……」

「ルーナレナ製薬株式会社で」

ルーナレナ製薬はＥｉｒｙの向かいに建つ大きなビルに本社を構える大企業だ。私の短大時代からの友達も一人勤務している。

私は花束をレジ台の隅に立てかけると、お金を受け取り、社名と但し書きを記入した領収書を渡した。

「お水、多めに入れてありますので、立てたままお持ちください」

「ありがとう」

花束をゆっくりと手渡す。男性はわりとがさつな人が多いけれど、彼のようにそっと受け取ってもらえると安心する。

彼は花束を上から見つめ、「この花はアザミかな？」と口にした。アザミはピンク色のタンポポのような花で、葉や総苞（そうほう）にトゲのあるのが特徴だ。

でも、アザミを入れた記憶はなかった。見ると、彼が指差す花はギガンジュームだった。ピンクの鮮やかさが似て見えたのだろうか。

「いえ、ギガンジュームという花です」

「そうなんだ。機関銃みたいな名前なんだね。アザミかと思った」

「機関銃……」

　思ってもみないことを言われて、反応に困る。

「ごめん。花に詳しくないんだ。でも、これは覚えたよ、アザミに似たやつ」

「そうですか。よかったです」

〝アザミに似た〟という時点で怪しいが、私は営業スマイルを返した。

「ありがとう。また来ます」

　爽やかな笑顔を見せて、彼がお店を出ていく。これほど花束が似合う男性も珍しい。

私は「ありがとうございました」と深く頭を下げた。

　彼の姿が見えなくなると、留実ちゃんが駆け寄ってきた。

「胡桃さん、すごいイケメンでしたね」

「えっ⁉　うん、まぁ……」

　留実ちゃんは目をハートにし、うっとりした表情を浮かべている。先ほど興奮して
いたように感じたのは、彼が来店したためだと、今になって気づく。

「あんな人に花束を贈られる人って、どんな人ですかね。きっと渡し方もスマートな
んでしょうね。いいなぁー、私ももらってみたい」

　私は注文を受けたときに送別会用だと聞いていたけれど、留実ちゃんのせっかくの
妄想の世界を壊しては悪いと思い、開きかけた口を閉じた。

　すると、店長が「ほーら、仕事、仕事」と私たちの間に割り込んできて、留実ちゃ

んの肩を軽く叩いた。そのボディタッチを見ると少しだけ、嫉妬してしまう。

「店長、さっきの方、見ました？」

「うん」

「カッコよかったですよねぇ」

　留実ちゃんのすごいところは、こうして物怖じしないところだ。今も店長に仕事だと言われたというのに、自分のペースに引き込んで、話を巻き戻す。でも、決して強引ではなく、彼女の明るい空気が相手の心を自然と溶かしてしまう。私には少しも持ち合わせてない力だ。

「留実ちゃんは、ああいうのがタイプ？」

　治人さんまで話に加わってきた。

「はい。胡桃さんもそうですよね？」

　みんなの視線が集まる。誰が見ても素敵な男性だったのに、否定するのも不自然だし、かといって同意して、店長に誤解されるのも嫌だった。

「え、あ……どうかな……」

　煮え切らない態度を取る私に、留実ちゃんが「もう……」と口元を可愛らしく膨らます。すると、店長が「さあ、おしまい」と言って、今の注文票を保管ファイルに移しておくように私に指示した。

助け舟を出してくれたのだろうか。いや、私の返事など、店長にとってはどうでもよかったに違いない。「はい」と答えた後、私は小さくため息をついた。

夕方六時になり、留実ちゃんが退勤すると、お店は私と店長の二人だけになった。Ｅｉｒｙの閉店時間は夜の八時。留実ちゃんは通常七時上がりだけれど、明日試験があるということで、今日は一時間ほど早く上がった。治人さんは競りに行く平日は朝の四時台から動いているため、遅くとも夕方五時には帰宅する。

私はアルバイト時代から勤務時間を過ぎても、だいたい最後までお店に残っていた。店長と少しでも長く一緒にいたかったからだ。

それを考えると、毎回時間キッカリに帰っていく留実ちゃんに、下心はないのだろう。彼女が店長を好きでなくてよかったとつくづく思う。とても勝てる自信はない。

留実ちゃんがお店から姿を消すと、店長が「胡桃ちゃん、疲れたでしょ」とねぎらってくれた。

「いえ、大丈夫ですよ。それにしても、今日はお客さまが多かったですね」

「うん、花束三十束の注文もあったしね」

「はい」

店長が嬉しそうにしていると、私も嬉しくなる。三十束のお客さまは感激して帰っ

ていったけれど、間に合っただけでなく、店長のサービス心で、花を多めに入れたこ
とも大きかったと思う。

「ありがとうね。胡桃ちゃん」

「いえ……」

優しい笑顔を向けられて、幸せな気持ちになる。

「さて、明日の予約を確認しようかな。胡桃ちゃんは閉店の準備、始めてていいよ」

さっそく、外に並べている花や鉢をしまい、店内を掃除していると、店長が私を呼
んだ。

「胡桃ちゃん、悪いんだけど明日、一時間早く来られる？」

「はい、大丈夫です」よくあることなので二つ返事で引き受ける。

「ありがとう、朝一で配達があるんだ。助かるよ」

店長がホッとしたように頬を緩めた。

早朝の配達は治人さんが市場に行っていて不在なため、ほとんどの場合、店長が担
当する。その間、私は一人で開店の準備をしたり、店番をしたりする。

「胡桃ちゃんは若いのに働き者だよね」

「そんなことないですよ」

私が働き者なのは店長の前だけ、とはとても白状できない。普段はかなりズボラな

性格だ。

店長は私の頭の上に手を置き、ぽんと一度弾ませると、レジ締めを始めた。私は店長を少しだけ見つめ、そばから離れた。

「胡桃ちゃん、そろそろ上がっていいよ」

私はいつも店長の言葉を待つ。この後、ちょっとした予定が入っているけれど、なんとなく、私から「帰ります」とは口にしたくなかった。

「ありがとうございます。店長はまだ仕事ですか？」

「うん。僕はもう少し残るよ」

エプロンをしまい、後ろ髪を引かれる思いで、「すみません。お先に失礼します」と声をかけると、売上集計に集中していた店長が我に返ったように顔を上げる。

「あっ、邪魔してすみません……」

「いや、ごめん。お疲れさま。気をつけてね」

「お疲れさまでした」

店長が柔らかな笑みを向けている。それだけで、今夜はよく眠れそうだ。今日も私の想いは大きくなっていく。

お店を出ると、すぐ近くで、短大時代からの親友の南田(みなみだ)れおが待っていた。これから夕食に行くことになっていた。

〝みなみ〟が愛称の彼女は、短大を卒業してからルーナレナ製薬に勤めている。職場が向かい同士のため、ときどき、こうして一緒に食事に行く。彼女は私の恋の相談相手でもある。

私たちはＥｉｒｙのすぐそばにあるイタリアンのお店に入った。店内は仕事終わりのＯＬの姿が多い。とはいえ、平日ということもあり、予約をせずに窓際の席に座ることができた。さっそく飲み物にサラダ、パスタを注文した。

「最近、店長とどう？」

「うん……相変わらず。従業員と店長のまま」

「そっかー。早く告っちゃえばいいのに」

「後のこと考えると、できないよ……」

告白して、気まずくなるのは嫌だった。私にはフラれる想像しかできない。こんなに片想いを重ねることになるのなら、アルバイトのときに告白しておけばよかったと思う。フラれたからといって、正社員の今、簡単に辞めるわけにもいかない。

「でも、上手くいったら毎日楽しいだろうね」

「……それはなさそうだよ」

うっかり期待してしまうときもあるが、店長はきっと私を従業員以上には思っていない。

「胡桃が〝好き〟って伝えたら、店長も考えるんじゃない？」

「どうかな……」

「だって私、好きじゃない人でも、告られたら揺れちゃうもん」

「私は揺れないと思うな」

もし店長以外の人に好きだと言われても、私はきっと揺れない。彼を好きな気持ちは揺るがないと思う。

「それは胡桃にれっきとした好きな人がいるからでしょ。店長が同じだとは限らないんじゃない？」

「うーん、そうかな……」

かなり古い情報だが、店長は、彼女はいないと言っていた。だけど、好きな人がいるかどうかは聞いたことがない。

「私だったら、すぐ告っちゃうけどなぁ」

みなみらしい台詞だ。私が一途に店長を想い続けている間、みなみは数人の男性と交際していて、男性遍歴は華やかだ。

「だってそばにいるだけって、物足りなくない？」

みなみの大きなアーモンドアイが私を上目遣いにのぞく。その瞳は色っぽくて私を吸い込んでしまいそうだ。

「今は十分だよ。仕事で毎日一緒にいられるから」

するとみなみは赤い唇を尖らせて「私はそんなの無理」と言い放つ。その仕草にも色気を感じる。私にみなみのような勢いと、艶っぽさが備わっていたら、店長にもっと簡単に迫れるかもしれない。

ぼんやりとみなみを見つめていると、彼女が「あ、そうそう。胡桃に少し早いけど誕生日プレゼントを買ったの」と言って、袋を差し出した。

「え、嬉しい……ありがとう。開けてもいい？」

「うん、開けてみて」

私たちはずっとお互いの誕生日にプレゼント交換をしている。

私の誕生日は三月十八日とまだ先だが、卒業シーズンでお店が忙しくなるため、就職してから、みなみは気を利かせて早めにプレゼントをくれる。

袋の中には、小さな箱が入っていた。丁寧に包み紙を剥（は）いで箱を開けると、フラワーモチーフの小ぶりなイヤリングが入っていた。

「可愛い……」

「胡桃っぽいと思って」みなみが嬉しそうに笑う。

「ありがとう。さっそく、着けてみてもいい？」

「もちろん」

みなみが差し出してくれた手鏡を見ながら耳に着けると、モチーフが揺れる様子が愛らしく、思わず笑みがこぼれる。

「よかった、喜んでくれて。なかなか可愛いイヤリングに巡り合えないって言ってたもんね」

「うん。いいなって思ったデザインのものは、全部ピアスなんだもん。だから嬉しい」

私は怖がりなのでピアスの穴を開けてない。意気地なしなのは、恋愛についてだけではない。

食事が運ばれてきて、店員がテーブルから離れると、みなみが「じつは私も今、気になる人がいるんだ」と切り出した。

「同じ部署に一人、ものすごくカッコいい人がいるって前に言ってたの覚えてる？」

「そういえば、去年、聞いた気も……」

みなみがカッコいいと褒める男性は多いため、なんとなくの記憶で相づちを打つ。

「ほんとカッコよくて、モデルみたいなんだよ」

みなみは面食いで、歴代の彼氏はみんな、顔で選んだのかと思うほどカッコいい人ばかりだ。

「それで、彼の同期の人と最近仲良くなって、なんとか合コンにこぎ着けられそうなんだ。で、お願いなんだけど……もし彼と合コンすることになったら、付き合ってくれない？」

みなみは少し言いにくそうに言った。

「えっ⁉」

「胡桃なら、店長がいるからライバルにならないし。まあ、彼、合コンに行かないタイプらしいから、断られるかもしれないけど、もしも誘えたらよろしくね」

「うん……」気は進まないが、一応首を縦に振った。

「やった！　ありがとう」

みなみが小さくガッツポーズをして、満面の笑みを浮かべる。

私は人見知りのうえ、店長以外の人に興味がないので、合コンと聞くと腰が引ける。今まで数合わせで何度か参加したことはあるけれど、疲れるだけで、場の空気も好きになれなかった。

彼女には悪いけれど、私は話が流れることを期待していたし、その意中の彼は〝合コンに行かないタイプ〟と聞いたので、たぶんそうなると思っていた。

なので後日、まさか本当に合コンの連絡が入るとは思わなかった。

十時前にお店を出ると、絹糸のような雨がぽつぽつと降っていて、私たちは近くの日本橋駅の入り口に駆け込んだ。改札口を抜けたところで、みなみと別れ、私は地下鉄の東西線に乗る。

電車内はそれなりに混み合っていた。乗客の多くが雨で濡れた後ということもあって、蒸し暑い空気が立ち込めていた。

私が降りる行徳駅までは二十分ほど乗車する。一人暮らしをしているマンションは駅から徒歩十分ほどの距離だが、その途中で深夜まで営業しているスーパーに立ち寄るのが日課となっている。

行徳駅に着くと、こちらはまだ雨が降り出す前だった。早足でスーパーに向かう。普段は店内をひととおり見て回るが、雨に降られたくないので、明日の朝食と弁当用の冷凍食品を速やかに買って、マンションへと急ぐ。

私の住むマンションは築十一年の八階建ての賃貸物件だ。五階にある私の部屋は、１ＬＤＫだが、たいして広くもないのにカウンターキッチンになっているため、実質１Ｋに近いつくりだ。それでも一人で住むのにはちょうどよく、オートロックもついていて、セキュリティー面も一応安心できる。

ここで一人暮らしを始めたのは、短大を卒業してからすぐのこと。実家のある国分寺からお店まで通えないことはなかったけれど、私は逃げるように家を出た。

それは、私がＥｉｒｙで働くことを、母が快く思っていなかったからだ。

私の両親は二人とも銀行勤めで、お堅い真面目な性格をしている。特に母の頭は石造のように固く、大企業とりわけ銀行員という肩書きに誇りを持っている。それに比べて、私の勤め先は吹けば飛ぶような小さな花屋。そのことを母は、自分のことのように恥じているのだ。

いまだに母と顔を合わせるたびに、まだ転職しないのかと追及される。

母の目の届かない生活は楽だけれど、暗い部屋に一人帰るのは正直、今でも寂しい。誰もいないとわかっているのに、いつも「ただいま」と声を出してから部屋に入る。

電気を点ければ、それでも幾分寂しさが薄れる。真っ先にキッチンに向かい、店長からもらったチョコを開けると、小さなチョコが七つ入っていた。

一つだけ小皿に載せて、残りは冷蔵庫にしまった。たかがチョコだけれど、店長との繋がりがそこにあるようで、一度で食べ切るなんてできなかった。毎日一つずつ食べていこうと思う。

テーブルに置いた小皿からそっとチョコを口に運ぶと、甘味がじわりと広がる。目を閉じれば、まぶたに店長の笑顔が浮かんだ。

第二章　ヒマワリの再会

三月の花屋は忙しいため、時の流れが速く感じる。一日のほとんどをギフト作りに徹していると、時間は瞬く間に過ぎていく。

店長からもらった七つ入りのチョコがすべてなくなった翌日、ギガンジュームを〝機関銃〟に例えたお客さまが来店した。名前までは覚えていなかったけれど、これだけ整った顔を忘れるわけがなかった。

「いらっしゃいませ」

「こんにちは。五千円くらいでアレンジを作ってもらえますか？」

「かしこまりました」

「できれば、このまま持ち帰りたいんですが、大丈夫そうですか？」

「あっ、はい。少々お待ちください」

念のため、奥にいる店長に、アレンジの製作に取りかかっていいか確認する。了解をもらい、「大丈夫です」と伝えると、彼はホッとしたように表情を緩めた。

「アレンジのご用途はなんでしょうか？」

「職場の上司のお見舞いに持っていきたいんです」

「男性の方でしょうか？」

ギフトを作るうえで、相手の性別を尋ねるのは重要だ。女性と違って男性へのギフトは、要望がない限り、クールで爽やかな色の花を選ぶ。

「うん。男性で年は五十歳くらいかな。花のことはわからないのでお任せします」

男性への見舞い用ギフトの花材選びはなかなか難しい。普段男性用に選ぶ青、白、紫は喪をイメージさせてしまうため、見舞い用にはあまり向かない。かといって、明るい色ばかり選ぶと、入院患者には刺激が大きいケースもある。

私は少し悩んでから、黄色と若草色を主にすることに決め、加えて白とピンクの花を少量手にした。

アレンジでよく作るのが、どの方向から見ても均一に見えるラウンド型だ。丸く、可愛らしい印象を与えるため女性客に人気がある。でも、今回はやや年配の男性なので、高さの出るトライアングル型に生け始めた。

すると、生ける様子をそばで見ていた彼が「すごいね。上手」と言った。

「ありがとうございます」

お客さまに褒めてもらえると、やはり嬉しい。

「ねぇ、これ、ギガンジュームだよね？」

彼はそう言って、今私が生けたばかりのギガンジュームを指で差した。

「ええ、はい」

彼は前回来店した際、ギガンジュームの名前は覚えたと言っていたけれど、口先だけではなかったようだ。

続いて彼は、「これは？」と一重咲き(ひとえざ)の若草色の花を指差した。

「トルコキキョウです」

彼が顎を手で触りながら、「へぇ、キキョウは聞いたことあるな……」と呟く。

「キキョウって、蕾(つぼみ)が提灯(ちょうちん)みたいな紫色の花だと思っていたけど、そうじゃないんだね」

この仕事に就くまで、私も彼と同じように思っていた。山野に咲くキキョウの色はたまに白もあるけれど、紫の印象が強く、蕾が提灯のように膨らんでいる。植物図鑑にもたいていそうした写真が載っている。

「ええ。たしかにそう思われる方が多いと思います。でも、トルコキキョウはリンドウ科の植物で、そもそも日本のキキョウとは違う種なんです」

微笑んで返すと、彼は「なるほど」と言ってしばらく花を見つめた後、「じゃあ、これはトルコ産なの？」と尋ねてきた。

「えっ？　いいえ、確か原産地は他国だったような……」

そうだとは思うけれど、自信がなくて不安になる。こんなときは花に詳しい店長に頼るのが一番だ。でも、どうやら接客中で、割り込んで聞くわけにもいかない。

「申し訳ございません。勉強不足で……」

私は作業の手を止め、彼を見上げた。すると、彼も私を見下ろしていた。視線と視線がぶつかって、見惚(みと)れてしまうほどの美形に、思わず心を奪われる。

「じゃあ、今度来たときに、答えを教えてもらおうかな」

「は、はい。ちゃんと調べておきます」

我に返って、慌てて視線をそらす。私は忙しさに紛れて忘れてしまわぬよう、頭の中に〝トルコキキョウ〟とメモして、ギフト作りを再開した。

間もなくアレンジが完成すると、彼に見せるためゆっくりとバスケットを一回しさせる。

「うん、綺麗だね。ありがとう」

「ありがとうございます。すぐラッピングしますね」

私は彼が見つめる中、アレンジを包み始める。バスケットの周りを飾るラッピングペーパーはオレンジ色の和紙を使い、全体を透明のセロハン紙で覆った。それに黄色と茶色の二本のリボンを重ね、蝶結びにして留める。

「すごいね。さらによくなった」

「ありがとうございます。あの、領収証はご必要ですか？」

「うん。もらえるかな？」

「宛名はルーナレナ製薬株式会社さまでよろしいですか？」

「覚えていてくれたの？」

彼が驚いたように目を見開く。

「ええ……」

私は心の中で、〝会社名だけは……〟と付け加える。目の前の会社だし、みなみの勤務先だから、さすがに覚えていた。

彼が「ありがとう。嬉しいよ」と柔和な笑顔を見せる。真顔は美形でも、笑うとその魅力が半減する人がいるが、彼は笑顔も変わらず素敵だ。

「とんでもないです。ありがとうございます」

見惚れてしまったことを、ごまかすように頭を下げると、彼は爽やかな柑橘（かんきつ）系の香りを残してお店を出ていった。

緊張から解放され、小さく息を吐いた。すると、誰かに肩をぽんと叩かれる。治人さんだった。

「胡桃ちゃん、あのイケメンまた来てくれたね」

「あっ、はい」

「彼、もうすっかり、胡桃ちゃんのリピーターかな。また来てくれるといいね」

その日の夜、私は帰宅すると、トルコキキョウの原産地について、さっそくネットで検索した。いつ来店されるかわからないので、忘れないようにメモを取る。念のため、お客さまの名前も控えておこうと思ったところで手が止まった。

先週の注文票を見ればわかることなので、明日、確認することに決めて、あっさりメモ帳を閉じた。でも、そのまま名前の件は私の頭から消えていた。


〝アザミの彼〟改め、〝トルコキキョウの彼〟が次に来店したのは、一週間後だった。

店長は接客中で、治人さんは配達で不在だったため、またしても私が応対することになった。

「こ、こんにちは。いらっしゃいませ」

不思議と縁があるようにも感じられ、変に緊張してしまう。きっと、笑顔も普段よりぎこちないものになっているに違いない。

「また五千円くらいでアレンジをお願いできますか？」

「ありがとうございます。今回はどのようなご用途でしょうか？」

「誕生日プレゼントに贈りたいんです」

奇遇なことに私の誕生日も今日だ。そのせいで相手が誰なのか、いつもより気になってしまう。

「相手の方は女性ですか?」

「母親なんだ。いつものようにお任せしてしまっていいかな」

「かしこまりました」

誕生日が同じということで、彼の母親に少しだけ親近感を覚える。彼の母親ならば、私の母親と年齢は大差ないだろう。そう考えて、一般的にその年代に好まれる淡いピンクと黄色、それからクリーム色の花を手に取った。

「そうだ、先日の答え、教えてもらえるかな?」

私の選んだ花材の中に、八重咲のトルコキキョウがあった。彼はそのことに気づいたようだ。

「あっ、はい」

彼が宿題の件を覚えていてくれたことがなんだか嬉しい。準備は万端だ。

「原産国はトルコではなく、アメリカでした」

「そうなんだ」

「はい。トルコキキョウはもともとブルーの一重咲の花だったそうで、そのブルーの花色がトルコ石に似ているとか、地中海に面しているトルコの海を連想させるとか、そんなところから名前がついたようです」

私は頭の中のメモ帳を捲りながら説明する。

「なるほど。面白いね」

しかし、想像していたより、彼の反応が鈍く感じられた。もっと、話が広がるように詳しく調べておけばよかったと少し後悔する。

「その頃とは違って、今はたくさんの色があるんですけどね……」

どう締めくくればいいのかわからず、話が尻すぼみになる。すると、彼がキーパーに視線を向けた。中には、白や黄色のトルコキキョウも並んでいる。もしかすると、色の種類を確認しているのかもしれない。

彼は視線を私に戻すと、作業の様子を黙って見ている。前回同様、完成まで見守るつもりだろうか。ほとんどのお客さまは待つ間、手持ち無沙汰に店内を見回ったり、外に出たりして、時間を潰す。けれど、彼は待つのが苦にならないようだ。

しかし緊張してしまうため、正直、目の前にいてほしくない。彼のような美形の男性客であればなおさらだ。

危惧していたとおり、ヒマワリを吸水スポンジに挿す際、力加減を間違えてさっそく茎を折ってしまった。すぐに彼を見上げ、「申し訳ございません」と謝罪する。こういう場合、新しいものに取り替えるのが常識だ。そもそも茎が短くなってしまって、とてもギフトには使えない。

私は短いヒマワリをバケツに戻さず、アレンジ台の端に置いた。すると彼が「怒られるんじゃない？　そのまま使っていいよ」と言った。

「いえ、これは商品にならないので、お取り替えいたします。本当に申し訳ありませんでした」

気遣われて、余計に情けなくなり、私は頭を深く下げた。

「いいよ、そこまで気にしないから」

しかし、彼はそう言って端に置いたヒマワリを大事そうに持ち上げた。

「ですが、これは短くて商品にはなりませんので」

「でも、まだ飾れないことはないよね？」

「それは……」

たしかに、自宅用に短く切るように頼まれることはある。でも、今回は事情が違う。店長に相談したいところだけれど、接客中のため、判断がつかない。

迷っていると、彼が「じゃあ、それは別に買うから、母にはほかの、そうだな……」と言って、キーパーへ顔を向けた。

「あの黄色だけのヒマワリを、全部入れてくれるかな？」

彼が注文したのは、黒芯のない八重咲のヒマワリだった。

「か、かしこまりました」

「ヒマワリもいろいろあるんだね」

「え、はい……」

「名前も違うの？」

「それぞれにあります……」

ヒマワリに多くの種類があるのは確かだが、関心があって言っているわけではないだろう。きっと、和ますために、気遣って言ってくれているのだ。申し訳ない気持ちでいっぱいになる。

「あの、そのヒマワリ、お水に浸けてもよろしいですか？」

「あ、うん。はい」

彼の手から折れたヒマワリを優しく取り返すと、丈に合うグラスに水を入れて挿した。後で店長に報告しなければならないと思うと、気持ちが塞(ふさ)ぐけれど、まずはアレンジを完成させなければならない。

今度はより慎重に作業を進めた。無事完成させると、彼が短くなったヒマワリを指差した。

「それも包んでもらえるかな」

「でも……」

「それが欲しいんだ」

どうやら本気で買うつもりらしい。せめてラッピングくらい無料でサービスしたいと思うけれど、私の判断で勝手に資材を使うわけにはいかない。

そこで、余りのペーパーを使って、少しでも豪華に見えるように包む。とはいえ、やはり一本しかないヒマワリは貧相に見えた。

「可愛くなったね」

それでも笑顔で褒めてくれる彼を、私は上目遣いに見た。

「あの、本当によろしいのでしょうか?」

「うん。ありがとう」

彼はそう言うと、アレンジの代金に加えて、ヒマワリの分も支払ってくれた。

ヒマワリの値段は伝えていないが、キーパーのガラスの扉の端に、留実ちゃんの可愛い丸文字で花の値段が書いてある。

「あの、本当にそれは……」

私は素直に受け取っていいものか悩んだ。

「俺が頼んだんだ、可愛くしてくれてありがとう」

「あの、本当に……」

「ありがとう。また来ます」

彼は片手を上げて、この前と同じように爽やかな香りを残して去っていった。でも、私の心は晴れなかった。

　翌週の火曜の夕方、定休日にもかかわらず、みなみに頼まれた合コンに付き合うため、私は日本橋にいた。まったく気乗りしなかったけれど、親友の頼みである以上、ドタキャンするわけにはいかなかった。

　みなみとＥｉｒｙの前で合流し、会場となる居酒屋に向かう。五分ほど歩いたところで、みなみが「ここ」と言って、細身のビルの前で立ち止まった。エレベーターに乗って三階で降りると、すぐ正面が入り口になっていて、「いらっしゃいませ」と店員の威勢のいい声が聞こえてきた。

　みなみが名前を告げると、個室の前まで案内された。「お待たせしました」とみなみが扉を開ける。合コンに不慣れな私は、足元に視線を向けたまま小さく会釈すると、中に入った。

　その途端、「もしかして君は……」というどこかで聞き覚えのある声が聞こえた。反射的に顔を上げると、私は「あっ！」と声を漏らした。そこにいたのは、知らない男性一人と、〝トルコキキョウの彼〟改め、〝ヒマワリの彼〟だった。

「え、何？　胡桃、知り合い？」

　みなみが戸惑った様子で、私と彼を交互に見る。でも、私の困惑はみなみ以上だった。まさか、合コンの相手がお客さまだとは思いもしなかった。

彼が「こんばんは」と爽やかな笑顔を見せる。私のほうは「こ、こんばんは……」

と声を絞り出すのがやっとだ。

「須賀原さんと胡桃って知り合いなの？」

「う、うん……」

そうだ、彼の名は須賀原だ。〝あまり見かけない名前〟という記憶はある。

「なんだ、すごい偶然じゃん」

「うん……」

なんだか、みなみに対して隠し事をしていたようで気まずい。それなのに、須賀原
さんは嬉しそうに私に話しかけてくる。

「本当に偶然だね。驚いたよ。この前はありがとう。綺麗だって、母が喜んでたよ」

「……そうですか。よかったです、こちらこそありがとうございました」

「ヒマワリも家に飾ってるよ」

「すみませんでした……」先日の失態を思い出し、顔が強張る。

「まだ元気だよ。長持ちするんだね」

「はい。茎が短いと、水がよく上がるので……」

ヒマワリのような茎に毛のある花は、水に浸かった部分が腐りやすいため、浅水に

することが大切だ。きっと水の量をちょうどよくしてくれているのだろう。

「へぇ、それでか。花なんてめったに飾らないけどいいもんだね。また買いに行くね」

「えっ……あ、ありがとうございます」

複雑な気持ちでいると、「二人が知り合いだったなんて……」と、ポツリとみなみが呟くのが聞こえた。おそらく近くにいる私にしか聞こえていない。その声は明らかに落胆していて、みなみが狙っている相手は須賀原さんだと確信する。

須賀原さんが「あっ、ごめん。座って」と、向かいの席に腰を下ろすように促す。

四人がけのテーブル席の奥に須賀原さん、その隣にもう一人、眼鏡をかけた男性がいる。私はみなみを須賀原さんの前に誘導して、自分は眼鏡の男性の前に座った。

「こんばんは」

眼鏡の男性が私に笑顔を向ける。お世辞にもイケメンとは言えない、平凡な感じの人だ。座高は須賀原さんと同じくらいなので、おそらく背は高い。

「こ、こんばんは……」

「君、花屋に勤めてるの？」

「はい……」

私はうつむきがちに答える。仕事以外で初対面の人と話すのは苦手だ。特にこういう場では怯んでしまう。

「田辺さん、会社の向かい側にＥｉｒｙって花屋があるんですけど知りません？」

　みなみが私の代わりに話を転がすのを聞いて、眼鏡の男性が〝田辺さん〟であることを知る。

「あぁ、あった気がするな……」

「胡桃、そこで働いてるんです。須賀原さんは店によく行かれるんですか？」

「あぁ。すごくいい店だよね」

　斜め前にいる須賀原さんと視線が絡んだ。店のことを褒められるのは素直に嬉しい。

私はやや上ずった声で、「ありがとうございます」と頭を下げた。

　すると、須賀原さんは「もうすぐ妹の誕生日なんだ。またお願いするね」と言った。

「近いんですね、お母様と」

「うん。二人とも三月生まれなんだ」

「そうなんですか」

「胡桃と同じだね」みなみが口を挟んだ。

「え、三月なの？　何日？」

　ためらっていると、みなみが「十八日ですよ」とあっさり教えてしまった。

「えっ、マジ？　あの日、誕生日だったんだ」

「え、あ、はい。すみません……」

「なんで謝るの?」

「な、なんとなくです。お母さまと同じで申し訳ないというか……」

みなみにも申し訳ない。狙ってる男性が親友と顔見知りだっただけでなく、誕生日
にまで共通点があるなんて、いい気はしないと思う。

「謝ることないよ。今さらだけど、おめでとう」

須賀原さんが優しく微笑む。

「あ、ありがとうございます」

お礼を言いつつ、心の中でみなみに謝る。

早くこの会が終わらないだろうか。まだ始まったばかりだが、もう帰りたい気持ち
でいっぱいだ。

「みなみ、飲み物頼まなくていいの？」

私は早く切り上げるためにも、注文を急かした。

「そうだね」

みなみは男性らに「飲み物、頼みましょうか」と言って、メニュー表をテーブルに
並べた。ドリンク類の載るメニュー表は一枚しかないため、四人でのぞき込む。

「私はビールにします」

お酒に強いみなみは、いつも初めはビールだ。私は酔うと眠たくなってしまうため、特に合コンのような場では、アルコールは避けている。

迷っていると、突然、須賀原さんに「胡桃ちゃんは何がいい？」と、下の名前で呼ばれて心臓が跳ねる。

「驚かせたかな、ごめん。まだ名前を聞いてなかったから、南田さんの真似をした」

みなみの気持ちを考えると、下の名前で呼ばれると複雑な気持ちになる。私は名字を教えようとして「深田（ふかだ）」と言いかけたけれど、田辺さんの「俺もビールにするわ」という声に重なってしまい、届かなかった。

そのため、「胡桃ちゃんは決まった？」と、また須賀原さんから下の名前で呼ばれてしまう。

「わ、私はウーロン茶で……」

「了解。俺は……俺もウーロン茶にしようかな」

こういう飲み会では、強引にお酒を勧められることも多いけれど、須賀原さんは、無理強いはしなかった。お店での印象どおり、紳士的な人のようだ。

「え、須賀原、飲まないの？」

田辺さんが即座に突っ込む。

「あぁ、今日はなんとなくウーロン茶の気分。二人は飲みなよ」

もしかすると、須賀原さんは気遣って、私に合わせてくれたのかもしれない。田辺さんの反応を見ると、普段飲む人であることは間違いない。

注文を済ませると、しばらくしてビールとウーロン茶が二つずつ運ばれてきた。私たちはグラスを合わせて乾杯した。

「そういえば、自己紹介がまだだったね」

須賀原さんはそう言うと、自ら先陣を切った。

「須賀原優斗です。友人からは〝優斗〟と呼ばれていて、仕事はルーナレナ製薬の営業部に所属。ドクターなどに医薬情報を届けるＭＲをしています。あとはそうだな……趣味はサッカーだけど、家で読書をしたり、ＤＶＤを見たり、ゆっくりするのも好きかな。最近は、ギガンジュームがきっかけで、花にも少し興味を持っています」

須賀原さんはもっぱら私に向かって話した。彼のことを知らないのは、私だけだから不自然なことではないが、みなみの気持ちが気になる。それに私にしか通じない〝ギガンジューム〟の話にも困惑していた。

そんな私の動揺を知ってか知らぬか、須賀原さんは「じゃあ、次は胡桃ちゃんの番」と私にバトンを渡した。

「あ、えーと……深田胡桃です」

そうでなくても自己紹介が苦手な私は、とりあえず名前は口にしたものの、頭が真っ白で言葉が続かなかった。

するると、見かねたのか、須賀原さんが「胡桃ちゃんの〝くるみ〟は漢字なの？」と話を振ってくれた。

「え、はい……ナッツの胡桃です」

「そうなんだ。可愛い名前だね」

「あ、ありがとうございます」

「胡桃ちゃんはあの花屋に勤めてから長いの？」

「短大の夏休みからバイトをしていて、そのまま就職したので四年半になります」

沈黙を破ってくれたのはありがたかったけれど、またしても、下の名前で呼ばれて落ち着かない。かといって、〝名字でお願いします〟と頼むのも、変に意識しているようで、とても言えなかった。

「だから、あんなに上手なのか」

「とんでもないです」

みんなの前で大真面目に言われて、恐縮してしまう。目を伏せると、田辺さんが「南田さんとは、学生のときからの友人なの？」と尋ねてきた。

「あっ、答えを聞く前に自己紹介しておくね。僕は田辺順。部署は須賀原と同じでMRをしています」

「あ、はい。よろしくお願いします」

「で、いつからの友人？」

「胡桃とは短大が同じで、一番仲が良かったんです」

みなみが私より先に答えてくれた。

「やっぱり。僕と須賀原も大学が同じなんだよ。大学の友人って長く続くよね」

私も何か話さなければと思い、「そういうものですか？」と笑顔を作ると、みなみが「でも正直、私たち卒業してまだ二年なんで、実感がわかないなぁ」と話を拾ってくれた。

「でも、二人とたいして歳は変わらないんだけどな。俺たち、何歳に見える？」

田辺さんの質問に、みなみが〝どうぞ〟というように私に手を向ける。

「二十九……とかですか？」

口をついてでたのは、店長の年齢だった。私はどれだけ店長が好きなのだろう。

「わ、微妙だな」田辺さんが渋い表情を見せた。

「す、すみません……」

もっと、若いということだろう。大失態だ。

すると、須賀原さんが「二十七だよ」と、苦笑いしながら教えてくれた。

「すみません。私……」

「いいよ。男は若く見られるより、上に見られたほうがいいって言うし」

須賀原さんがさりげなくフォローしてくれた。田辺さんは「深田さんひどいなぁ」と、口を尖らせている。

「胡桃、正直者なんですよ。初めは私もそれくらいかと思ってました」

みなみがいじると、田辺さんは大げさに肩を落として見せた。その和やかな空気に私も思わず笑顔になる。

ふとまた視線を感じて、須賀原さんを見ると、優しく微笑まれた。私は恥ずかしさをごまかすように小さく会釈した。

間もなく料理が運ばれてきて、学生の頃の話や仕事の話などで、思ったよりも楽しい時間が過ごせた。須賀原さんも柔らかな笑みを浮かべていて、視線が交わるたびに心臓が小さく音を立てていることに気がついた。

けれど、みなみのことがあるし、私には店長がいる。誤解されてもいけないので、途中から意識して目を合わせないようにした。

二時間ほど経ったところで、須賀原さんが「ちょっと煙草吸ってくるね」と言って席を立った。それを見て田辺さんも、「じゃあ、俺も」と言って、個室から出ていった。部屋に灰皿は用意されていたが、二人とも個室ということもあり、気を遣って、我慢してくれていたのだろう。部屋は私とみなみの二人になった。

「みなみ……ごめん」

「何が？」

私はずっと謝りたくて仕方がなかった。けれども、みなみに少しも怒っている様子はなかった。

「何がって……」

「大丈夫。わかってるから。胡桃が悪いわけじゃないんだから気にしないで。それに私、須賀原さんのこと、あきらめたわ」

「えっ⁉　どうして？」

やはり、私と親しくしているように見えて、そうした気持ちにさせてしまったのだろうか。罪悪感で胸が痛む。

すると、みなみが突然抱きついてきた。みなみがつけている香水の甘いローズの香りがほのかに漂ってくる。その優しい香りが余計に物悲しさを増長する。

「脈がないのわかったし、私には胡桃がいるから」

「え、でもあんなに……」

「いいの。また見つけるから」

みなみは猪突猛進タイプである一方で、決断も早い。きっと、もういいと決めたのなら、本当にもういいのだろう。

「胡桃はどう?」

「えっ……」

「須賀原さん、カッコいいでしょ?」

「まぁ、顔はね……。でも、私は店長が一番カッコいいよ」

須賀原さんのことを、カッコ悪いと思う人はいないだろう。美形の見本のような顔立ちをしているし、優しげな雰囲気もまとっている。みなみのように目をハートにする女性は多いだろう。でも、私には、店長以上の魅力は感じられない。

みなみがあきらめたと知った今、早く家に帰り、ゆっくりしたかった。きっと、みなみも同じ気持ちだろう。時間的にもお開きにしていい頃合いだ。

十分ほどして、二人が戻ってきた。お開きのタイミングを見計らうまでもなく、田辺さんは残っていたビールを飲み干すと、「そろそろ帰ろうか」と言った。私は大きく首を縦に振る。

個室を出て、みなみと化粧室に寄ってからレジに向かい、先に帰り支度(じたく)を済ませた男性陣に続き個室を出ると、すでに支払いが済んでいた。

「すみません。いくらでしたか?」

バッグから財布を取り出しながら尋ねると、須賀原さんが「いいよ、年下に払わせられない」と言って、制止するように片手を上げた。

「ダメです、払います」

「いいから。それより、胡桃ちゃんの家はどこ？」

「えっ？」

「送るよ」

「いえ、そんな……」

突然の展開に、一瞬で支払いのことなど、頭から消えてしまった。

するとみなみが「送ってもらいなよ」と言う。

「なんで、ちょっと」

私はみなみを睨んだ。いったいどういうつもりだろう。

しかし、みなみは動じることなく、「須賀原さんは木場駅だから、胡桃と同じ方向なの。私と田辺さんは横浜方面だから」と言った。

みなみは姉と二人で、横浜に住んでいて、普段、東京駅から東海道線を利用している。私とは利用駅も、路線も異なる。

だからといって、須賀原さんに送ってもらう気なんてなかった。なのに、私の意思は抜きで、話が進んでいく。

エレベーターを降りるとみなみは、「須賀原さん、胡桃をよろしくお願いします」と言って、田辺さんと東京駅方面に歩いていってしまった。

みなみの背中が見えなくなると、私は恐る恐る後ろを振り返り、須賀原さんを見上げた。穏やかな瞳が私を見つめていた。須賀原さんは本気で送っていく気なのだろうか。

「あ、あの、私はここで……」

〝ここでいいです〟と言いかけたとき、予想もしない言葉を、須賀原さんは口にした。

「胡桃ちゃん、甘いものは好き?」

「え?　はい……」驚きのあまり、反射的にうなずいていた。

「じつは俺、甘党で、すぐそこにあるデザートバーに、ずっと行ってみたいと思ってたんだ」

「はい……」

「よければ、今からデザートを食べに付き合ってもらえないかな?」

「はい?」

「よかった。行こう」

思わず、〝はい?〟と聞き返したのがいけなかったのかもしれない。誘いをＯＫしたと、勘違いさせてしまったようだ。

「胡桃ちゃん、マンゴーは好き?」

「えっ、あっ、はい……」

「今から行く店はマンゴーアイスが美味しいらしいよ」

そう言って、須賀原さんは私の背中を軽く押しながら歩き始めた。

決して強引に押されているわけではないので、立ち止まろうと思えば、立ち止まれた。でも、あまりの急な展開に考えが追いつかない。早く家に帰ってゆっくりするはずが、どうしてこんな話になってしまったのだろう。

〝すぐそこ〟と言っていたように、断る前にお店に着いてしまった。そこは一度行ってみたいと、私も密かにチェックしていたお店だった。

「来たことある？」と聞かれ、私は首を横に振った。須賀原さんはホッとしたように小さく息を吐くと、「よかった。入ろう」と笑顔を見せる。結局、断り切れず、背中を押されながら一緒にお店に入った。

須賀原さんは私の背中に触れたまま、出迎えた店員にスマートに対応する。エスコート慣れしているようで、正直気分は悪くなかった。

私たちが通された席は、壁付けのカウンター席だった。並んで座るのは、まるで恋人同士のようで気が引けたけれど、ほかに席が空いてないので仕方なく腰を下ろす。カップルを念頭に置いた席のためか、隣との距離がとても近くて、座っただけで、お互いの腕がぶつかるほどだった。

店内はとてもオシャレで、照明は抑えめにしてあり、テーブルの上のキャンドルが幻想的な雰囲気を演出していた。

「少し狭いけど、平気？」

私はカウンター席の一番端だけれど、須賀原さんの横には別の客がいる。須賀原さんのほうが窮屈なはずなのに、気遣ってくれた。ヒマワリの件もそうだけれど、彼は自分のことより、相手のことを思いやれる人のようだ。

「大丈夫です。素敵なお店ですね」

「うん、そうだね。胡桃ちゃんは何頼む？」

須賀原さんがメニューを開いて差し出す。私は迷わず、彼がさっき評判だと言っていたマンゴーアイスを指差した。

「俺もそうするね。飲み物は？」

「えっと……アイスティーでお願いします」

「了解」

須賀原さんが注文しているとき、彼の顔が至近距離にあることにふと気がつく。私は誘いったん目をそらしたものの、一度意識してしまうと逆に気になってしまう。私は誘惑に負けて、彼の横顔を盗み見た。こんなに近くで見ても、何一つ欠点を見つけられなかった。その完璧な美しさに、改めて見惚れてしまう。

「ほか、注文はいいかな？」

「あっ、はい、大丈夫です」

私は慌てて目を伏せる。須賀原さんに恋心は一切ないけれど、胸の鼓動が速くなっているのが自分でもわかった。飲み物が先に運ばれてくると、私はカラカラになった喉をアイスティーで潤した。

一方、須賀原さんが注文したのは黒ビールだったので、私は自分の気持ちをそらすように、「ビールに甘いものは合うんですか？」と聞いた。須賀原さんは「合うよ」と笑顔を見せると、半分ほど一気に飲み干す。キャンドルの柔らかな光に照らされながらグラスを傾ける姿に大人の色気を感じた。

「胡桃ちゃんは彼氏いるの？　今日飲み会に来たってことは、いないと思っていいのかな？」

唐突に質問されてたじろぐが、須賀原さんの予想は当たっている。彼氏がいるなら、合コンには絶対に行かない。

でも、正直に答えていいものか迷う。ただの自惚れかもしれないけれど、彼氏の存在を確かめるということは、下心があるということなのだろうか。

胸の鼓動が一段と激しくなる。でも、私には店長がいる。変に期待させて、後々、面倒なことになるのは嫌だった。

どう返事をすべきか迷っていると、私にとってはちょうどいいタイミングで、マンゴーアイスが運ばれてきた。

「美味しそうですね」

「そうだね。溶けないうちに食べようか」

「はい」

話がそれたことにホッとしつつ、私はマンゴーアイスを口に運んだ。たしかにマンゴーの味が濃厚で美味しい。でも、胸はドキドキしたままで、味わっていられるような状態ではなかった。

「美味しいね」

「そ、そうですね」

微笑んだものの、店長以外の人にドキドキしている今の自分が変で嫌になる。きっと、このお店の雰囲気のせいだと思いたい。

アイスを食べている間、須賀原さんが話しかけてきたけれど、これ以上、心を揺らさないように、私は手元を見ているふりをして、視線を合わさずに答えていた。

でも、皿が空になってしまうと、そうもいかない。

「胡桃ちゃん、温かいもの飲まない？」

「温かいものですか？」

いつまでもうつむいているわけにもいかず、私は顔を上げた。きっと、私の態度は感じが悪かったはずなのに、須賀原さんは変わらず穏やかに微笑んでいた。

「冷たいもの食べたら、温かいもの欲しくならない？」

「それは……そうかも……」

「ホットコーヒー頼んでもいい？」

「え、えぇ……」

本当は早く帰りたいのに、私は流されたまま、コーヒーまで頼むことになってしまった。

注文を待っている間、キャンドルのオレンジの光をぼーっと眺めていると、少し心が落ち着いてきた。

「ただの炎なのに、人工的な光とは違ったよさがあるよね」

「綺麗ですね。なんだか癒されます」

「本当にリラックス効果があるみたいだよ」

「そうなんですか？」

「うん。キャンドルの炎の自然な揺らぎが心を落ち着かせるんだって。うつ病とかの治療にも使われているらしいよ」

「へぇー、そうなんですか……」

仕事柄、そういう医療系の情報にも詳しいのだろうか。でも、あえて距離を縮めないように、余計なことは尋ねなかった。

間もなくコーヒーが運ばれてきてホッとする。

「胡桃ちゃんは、ミルクと砂糖入れる？」

「はい、入れたいです……」

須賀原さんがそっと私の前に置いてくれた。ミルクと砂糖を入れていると、彼に話しかけられる。

「胡桃ちゃんは、今日は仕事が休みだったたって言ってたけど、いつも決まってるの？」

「はい。今日は定休日で、基本休みです。ただ、シフト制なので、あとの休みはみんなの都合をすり合わせて決めます。ただ、母の日の前とか、忙しい時期は二週間連続勤務とか、珍しくありませんけど」

「そうなんだ。大変だね」

「そうでもないです。花が好きなので……」

花が好きなのは嘘ではないけれど、本当に好きなのは店長だ。店長と一緒にいられるから、仕事を苦痛に感じることはなかった。

須賀原さんがゆっくりとカップを持ち上げ、口元に運ぶ。その仕草がとても上品に見えるのは、やはり彼の顔立ちのせいだろうか。

うっかり見惚れていると、カップをトレーに置いた須賀原さんと目が合ってしまい、慌てて私もコーヒーを口に含む。

「お、美味しいですね。ここのコーヒー」

「そうだね、甘い風味がいいね」

「あれっ⁉　お砂糖入れてましたっけ？」

「ブラックだよ。グアテマラという豆で、ほのかに甘さがあるんだよ。ひと口飲んでみる？」

須賀原さんが私の前にカップを置いた。

この年になると、〝間接キス〟くらい気にしないのが普通なのだろうか。私はものすごく意識してしまう。でも、それを口にするのもお子さまみたいに思えて、私はおずおずとカップを手に取った。

「……いただきます」

須賀原さんが口をつけたと思われる場所をさりげなく避けて、私はコーヒーを口にした。

苦い……。甘めのコーヒーが好きな私にとっては、間接キスしたことを一瞬で忘れさせるほどの苦みだ。

「どう？　って、その顔を見たら、聞くまでもないか」

須賀原さんは苦笑しながら「ごめん」と言って、私の頭を撫でた。心臓が大きく波打つ。

「俺も甘党なんだけど、これは甘い豆だから、砂糖なしでも飲めるんだ。だけど、胡桃ちゃんは俺以上の甘党ってことかな。無理に飲ませて、ごめんね」

「いいえ、大丈夫です」

私は〝甘い豆〟と聞くと、職業柄、文字どおり英訳した〝スイートピー〟を思い出す。花言葉の一つは〝優しい思い出〟だけれど、私には〝苦い思い出〟しか残らなさそうだ。

「それにしても、そんなに苦かった？」

「正直、苦いだけです。普段、コーヒーを飲むときはカフェラテにして、砂糖多めで飲むことが多いので、余計に……」

「へぇー。カフェラテとかは好きなんだ？」

「はい。デザートを食べるときは別ですけど、紅茶もミルクティー派です」

「じゃあ、今度はカフェラテの美味しい店に行こう」

「えっ？」

「俺、姉と妹がいるんだけど、妹に教えてもらった店で、カフェラテが美味しいところがあるんだ」

「そ、そうなんですか……」

「今度、連絡するから、番号教えてもらえる?」

須賀原さんはそう言うと、スーツの胸ポケットからスマホを取り出した。

「あの、私……」

「花屋の前で待っててもいいけど、電話で連絡したほうが迷惑にならないと思うしさ。とりあえず今日は番号を交換して、そろそろ帰ろうか」

私が流されやすいのか、須賀原さんが断りづらい空気を作るのが上手なのか、結局、番号とメールアドレスを交換してしまった。アドレス帳にほとんどない男性のメモリーが一つ増えた。

お店を出ると、やはり初めの話は本気だったようで、須賀原さんは私に「送るよ」と言った。

「いいえ、大丈夫です」

「大丈夫じゃないよ、それに俺のほうが心配で気が休まらないから、送らせてもらえないかな。女の子に一人で夜道は歩かせられない」

もう長い間、〝女の子〟なんて呼ばれていない。照れくさくて、「女の子って……私、成人してますよ」と、冗談交じりに返した。

しかし、須賀原さんは真剣な表情で、「それはわかってるけど、胡桃ちゃんは女の子でしょ」と改めて言った。

電車に乗ってからも丁重に断ったけれど、須賀原さんは木場駅で下車せず、行徳駅で私と降りた。ここまで来て、帰ってもらうのも心苦しくて、マンション前までという約束で、一緒に自宅までの道のりを歩いた。

自宅を知られることに抵抗がなかったわけではないけれど、みなみと同じ会社の人という安心感もあり、面倒なことにはならないだろうと思った。

エントランスをくぐる前、一度だけ振り返ると、須賀原さんは優しい笑みを浮かべて手を振った。私は気恥ずかしくて、小さく会釈すると、逃げるようにマンションの中に入った。

部屋に着くと、すぐに須賀原さんから、『今日はありがとう。楽しい時間でした。おやすみ』というメッセージが届いた。彼氏なら満点だと思う。でも、須賀原さんは彼氏ではない。返信はせずに、スマホを裏返してテーブルに置く。

もし、このメッセージが店長からのものなら、どんなにいいだろうと思った。

翌日は店長と顔を合わせるのが気まずかった。休み明けの仕事はいつもなら楽しみなのに、なんだか浮気したような気分だった。それでも明るく「おはようございます」と挨拶すると、店長もいつもの笑顔で「おはよう」と返してくれた。

バッグを置いてエプロンを着け、じょうろに水を汲み、お店の外の鉢の水まきに出た。水をまいていると、聞き覚えのある声で「おはよう」と背後から挨拶される。昨日の今日で忘れるはずがない。

振り向くと須賀原さんの姿があった。私も挨拶を返す。朝、目にする彼も爽やかで眩しい。

「昨日はありがとう。水、冷たくない？　今日は少し寒いよね」

「平気です。慣れてますから……」

「そっか。偉いね」

するとと、須賀原さんがはっとした顔をして、私の額の辺りに視線を向けた。そして、小さく微笑んだかと思うと、私に一歩近づいた。

「胡桃ちゃん、目を閉じて」

「え？」

訳がわからず困惑していると、須賀原さんが私の目元に手を伸ばしてきたため、反射的に目を閉じた。次の瞬間、左まぶたに温もりを感じたかと思うと、すぐに離れていった。

「ごめん、開けていいよ」

目を開くと、須賀原さんが指先で何かをつまんでいる。

「前髪の下に小さな葉っぱが付いてた」

それは、お店の入り口につり下げてあるプミラの緑色の葉だった。

「すみません。ありがとうございます」

「いいよ。目をつぶった胡桃ちゃんの顔が見られて、ラッキーだったし」

「そんな……」

「胡桃ちゃんって、まつ毛長いんだね」

「そ、そうですか？　他人と比べたことがないので――」

「あ、ごめん、遅刻しそうだ。また連絡するね」

須賀原さんが少し焦った様子で腕時計を見る。始業時間が迫っているのだろう。

「あっ、はい。お仕事、頑張ってください」

「ありがとう。胡桃ちゃんに言われたら元気出るよ」

須賀原さんは顔を綻ばせると、「じゃあね」と足早に去っていった。そのまま、後ろ姿から目を離せないでいると、「胡桃ちゃん、もう終わるかな？」と後ろから店長に声をかけられ、驚いて肩を震わせた。

「は、はい。もうすぐです」

「そう、ありがとう。それが終わってからでいいんだけど、配達頼める？」

私は運転免許を持っていないけれど、徒歩で行ける近隣なら届けることがある。配達の品は花束だった。この大きさであれば、紙袋に入れて運べる。潰さないようにしなければならないので、それなりに緊張する。

店長から「初めて聞く会社だけど、すぐ近くみたいだから」と注文票を渡される。私は水まきを終えると、念のため、パソコンで場所を確認してから出かけた。距離的には歩いて十分もかからないはずだ。

さっそく、お店を出て、道路の向かい側に渡る。ルーナレナ製薬の横を通り過ぎる際、須賀原さんの顔が頭に浮かんだ。みなみより先に思い出したことに面映ゆくなり、頭を小さく振った。

大通りから路地に入り、パソコンで確認した辺りの場所まで順調に到着した。それなのに、なかなか届け先の会社が見つからない。地図をプリントアウトしてくればよかったと後悔するけれど、後の祭りだ。

届け先からの時間指定はなかったものの、お店を出る前に、今から向かうと連絡を入れてあった。あまり待たせるわけにもいかない。しかも、近くということで油断して、スマホを持たずに来てしまった。これでは届け先にもお店にも、連絡しようがない。

残された手段はいったんお店に戻ることだけれど、店長には呆れられるだろうし、届け先にも遅れると謝りの連絡を入れなければならない。「ヤバイ、どうしよう……」と、心の声が口からこぼれる。

けれども、迷っている時間はなかった。沈んだ気持ちで、私は来た道を戻り始める。

すると、後ろから「胡桃ちゃん」と名前を呼ばれた。振り向くと、須賀原さんだった。

「どうしたの？」

きっと私は頼りなげな表情をしていたに違いない。

「配達があって……」

私がそう言うと、須賀原さんは紙袋に視線を向けた。

「花を間違えたとか？」

「いえ、違います。届け先が見当たらないんです。この辺りなのは間違いないと思うんですが……」

「そうなんだ。住所はわかる？」

注文票を見せると、須賀原さんは「この会社ならわかるよ」と、あっさり言った。

「えっ⁉　本当ですか？　教えていただけますか？」

「うん、いいよ。案内するよ」

「ありがとうございます！　あっ、でも、お時間大丈夫ですか？　場所だけ教えていただければ一人で行きます」

「俺なら大丈夫だよ。次のアポまでゆとりを持って出てきたから。それに入り組んだ場所にあるから、聞いてもわかりづらいと思うよ」

申し訳なく思ったけれど、遠慮している場合ではない。私は厚意に甘えて、須賀原さんの後に続いた。

「花屋って、こうした配達をどこもしてるの？」

「はい。だいたい」

「知らなかったなぁ。大変だね」

お店の前に出してあるブラックボードには、〝配達します〟と書いてあるけれど、意外に気づかれないのかもしれない。お店に戻ったら、さっそく、店長に伝えてみようと思う。

「もしお仕事で必要なときは、会社にもお届けしますよ」

「いいよ。胡桃ちゃんに会いたいから自分で行くよ。会社だと別の人が受け取るかもしれないでしょ」

驚いて、思わず「へ？」と変な声を出してしまった。〝会いたい〟なんて台詞をさらりと投げられ、私は目を瞬かせた。

でも、真意を探る間もなく、目的地に着いた。須賀原さんは五階建てのビルを指し、「ほら、あそこの三階だよ」と教えてくれた。

「え、こんなところにあったなんて……」

そこは須賀原さんの言ったとおり、説明されただけではわかりづらい場所にあった。隣のビルの裏の奥まった場所に建っていて、私が最初にいた場所からは完全に死角になっていた。

「わかりにくいでしょ。なかなか奥まで来ないもんね」

「ありがとうございます。助かりました。よくご存じでしたね？」

「ああ、四階に小さなクリニックが入っていて、仕事で一度来たことがあるんだ。そのとき間違えてエレベーターを三階で降りて、そのまま〝こんにちは〟って扉を開けたことがあるから、よく覚えているんだよ」

須賀原さんは茶目っ気たっぷりに笑った。その表情があまりに輝いていたので、私は思わず目をそらしてしまった。

「お仕事中にすみませんでした」

「いいよ。胡桃ちゃんの役に立ててよかった」

「本当にありがとうございました」

私が頭を下げると、須賀原さんは「じゃあ、またね」と右手を軽く挙げて、駅方面に向かって歩き出した。

なんて爽やかなのだろう。恋心はなくても、その仕草や笑顔には見惚れてしまう。

見込んでいた時間より到着まで二十分ほど余計にかかったけれど、須賀原さんのおかげで、無事目的の会社に花束を届けることができた。

お店に戻ると、店長に「すぐにわかった？」と尋ねられる。一瞬、言葉に詰まったものの、「はい」と答えた。迷ったことも、須賀原さんに助けてもらったことも、知られたくなかった。

店長は「よかった。ありがとう」と言ってくれたけれど、後ろめたくて、いつもなら大好きなその笑顔を直視できなかった。


その日のお店からの帰り、日本橋駅へ向かって歩いていると、背後から肩を叩かれた。

「こんばんは」

「須賀原さん……」

まさか帰り際にまで会うなんて、なんて縁のある日だろう。須賀原さんは朝と変わらない爽やかな様子で、少しも疲れを感じさせない。

「偶然だねー。今、帰るとこなの？」

「はい。今朝はありがとうございました。須賀原さんも帰りですか？」

「うん。もうちょっと早く帰りたかったんだけど、会議が延びちゃってさ。でも、胡桃ちゃんと会えたから、結果オーライだな」

確か、今朝も同じようなことを言っていた。社交辞令なのか、本心なのか、判断がつかない。どう返せばいいのかわからなくて、私は無言のまま微笑んだ。

「胡桃ちゃんはいつもこんなに遅いの？」

「いえ。今日は少し残業したんです」

時刻は九時半を回っていた。夕方になって、明日、朝一配達の大量注文が入ったため、店長だけでなく、治人さんも残って花束を作っていたのだ。

「じゃあ、忙しい一日だったんだね。お疲れさま」

「須賀原さんこそ、お疲れさまです」

昨日までお客さまのうちの一人だったのに、こうしたやり取りをしていることが、急に恥ずかしくなる。なんだか、不思議な気持ちだ。

「胡桃ちゃんは夕食食べた？　もしまだなら、食べていく？」

「あ……せっかくなんですけど――」

残業する日は、店長がコンビニのおにぎりやパンを買ってきてくれるので、お腹は満たされている。そのことを話すと、須賀原さんは少しだけ残念そうな顔をした。でも、すぐに「じゃあ、電車で話でもしながら帰らない？」と提案された。

朝、助けてもらったこともあって、断れなかった。というより、同じ路線を利用しているのに、そこまで拒否する理由はなかった。

昨日と同じように、日本橋駅から一緒に東西線に乗る。電車が動き出すと、私のスマホが震えたのでバッグから取り出し、画面を確認する。

「大丈夫？　急ぎの電話なら、一度降りてもいいけど」

「あ、電話じゃないので大丈夫です」

みなみからの明日の夕食の誘いだった。でも、あいにく明日も残業になりそうなので、早めに断りの連絡を入れてあげたかった。

「あの、すみません。みなみからなんですけど、返事をさせてもらってもいいですか？」

「えっ？」

すると、須賀原さんは「もちろん。でもよかった、南田さんで」と言った。

「ううん。どうぞ」

私は何が〝よかった〟のか不思議に思いながらも、『来週ならいいよ』とみなみに返信した。

「すみませんでした」

「ああ、いいよ。気にしないで。南田さんと本当に仲がいいんだね」

「はい。みなみ、仕事頑張ってますか？」

「うん、頑張ってると思うよ」

「須賀原さんと同じ部署なんですよね？」

「そう。でも南田さんは事務で、俺は営業で外に出ることが多いから、あまり話す機会はないんだ」

「そうなんですか……」

「それより、あの後、無事に届けられた？」

「はい。おかげさまで」

「よかった」

須賀原さんは顔を綻ばせた。その癒されるような笑顔を見て、昼間にメッセージ付きの写真をもらっていたことを思い出す。

「あの……お昼にいただいた写真はどこのものですか？」

『可愛い犬見つけました』というメッセージとともに送られてきたのは、犬の顔をしたラテアートの写真だった。返信はしなかったが、少し胸がほっこりした。

「あぁ、あれ可愛かったでしょ？」

「はい。とっても」

「営業先の病院のそばにあるカフェなんだけど、今日初めて入ってみたんだ」

「お仕事、MRって言うんでしたっけ？　病院への営業って大変そうですよね。勉強も必要そうだし」

「まぁ、そうだね。薬には似たような効果のものが何種類もあるから、どれを使うのか選択するのは医師次第なんだ。だから、自社の薬の良さをきちんと伝えられないと……って、ごめん、こんな話つまんないよね」

「いえ。お花を売るのとは訳が違いますよね」

「そんなことないよ。花だって、薬以上に種類があるでしょ。この前だって、いろいろ教えてもらってるし同じだよ」

須賀原さんは〝同じ〟と言ってくれたけれど、やはり社会的な役割の大きさはまったく違う気がする。少なくとも私の母にとってはそうだ。もし、私が大手製薬会社のMRならば、喜んだに違いない。現に母はみなみの就職先を聞いたとき、うらやましそうにしていた。

私はあのときの惨めな気持ちを思い出し、唇を少し噛んだ。

気づくと、木場駅に到着していた。けれど、須賀原さんは「送るから」と言って、降りなかった。電車の扉はすぐに閉まってしまい、遠慮する時間さえなかった。結局、今日も行徳駅から自宅まで送ってもらうことになった。

家に上がりたいと言われるのではないかと心配していたけれど、須賀原さんは相変わらず紳士的で、マンションの前まで私を送ると笑顔を残して帰っていった。昨夜は感じなかったけれど、少しだけ温かい気持ちになる。

次に須賀原さんと顔を合わせたのは一週間後、三月最後の営業日だった。

夕方四時頃、お店にやって来て、アレンジを注文した。「もしかして、妹さんの誕生日ですか？」と尋ねると、須賀原さんは少し驚いた様子で、「覚えていてくれたんだ」と嬉しそうに笑顔を見せた。近くに店長がいるというのに、つい見惚れてしまう。

不思議と会わなくなると気になるもので、この一週間、須賀原さんのことを何度か思い浮かべることがあった。正直にいえば、来店を心待ちにしていた部分もあった。

「何かご要望はありますか？」

「ううん、お任せで。年齢は胡桃ちゃんより一つ上なんだけど、好みとかはよくわからないから、胡桃ちゃんがいいと思う感じで」

「かしこまりました」

さっそく、花材選びにキーパーの前に立つ。すると、須賀原さんが「あの花、すごいね。バラだよね？」と私に聞いた。

須賀原さんが指差したのはレインボーローズだ。

「はい。見た目どおり、レインボーローズというバラです」

「へぇー……」

虹といえば、一昨日の夕方、須賀原さんから『虹を発見』というメッセージとともに、雨上がりの空にかかった虹の写真をもらっていた。

「あの、一昨日の写メ、ありがとうございました。とっても綺麗でした。忙しくて返信できなかったんですけど、元気をもらいました」

「それはよかった」

　須賀原さんの笑顔につられて私も笑うと、視界の端に強い視線を感じ、そちらに顔を向けると、留実ちゃんと治人さんが不自然に目をそらした。

　店長は予約の花束作りに夢中で、私のことは目に入っていないようだった。ホッとする半面、少しは気にしてほしいと思ってしまう。

　再び花材を選び始めると、今度はアイリスの花を、須賀原さんが指差した。

「ねぇ、この花、綺麗だね。姿勢がいい」

　例えがおかしくて、小さく噴き出してしまう。

「アイリスです。あ、そういえばアイリスの花名は、ギリシャ語の〝虹〟という言葉が由来です」

「全然虹っぽくないのになぁ。ギリシャ語ということは、神話と絡んでたりして」

「実際、そうなんですよ。天と地を行き来した虹の女神〝イーリス〟、英語読みでアイリスのお話が、ギリシャ神話にあるんです」

　本で読んだ受け売りの知識だけれど、素敵なエピソードだと思って覚えていた。花言葉は〝希望〟。

「ふーん面白いね。これ、もらおうかな」

「アレンジ用にですか？」

青色のアイリスはアクセントにはなるかもしれないけれど、あまり女性向きではない。

「ううん。俺の家に飾るよ。ヒマワリ、枯れちゃったから」

「ありがとうございます」飾ってもらえるのなら嬉しい。

「それと、レインボーローズも自宅用に一緒に」

「はい！　ありがとうございます」

もしかすると、須賀原さんは虹が好きなのだろうか。レインボー色のガーベラや菊が入荷したときは、教えてあげようと思う。

花材を決めると、すぐにアレンジを作り始める。店長が隣に来て「こちらも入れてあげて」と、白のアイリスを差し出した。

それは予約品用に取り分けておいたものだけれど、いつも少し多めに取っておくため、少しなら使っても問題はない。青と違って、白ならば可愛いイメージのアレンジに合う。

店長は須賀原さんに「いつもありがとうございます」と声をかけた。特別なことではないのに、妙に意識してしまう。

「こちらこそサービスしていただき、ありがとうございます」

「いえ、ほんの少しなので」

「ありがたいです」

店長は須賀原さんと私の関係をどう思っているのだろう。にこやかな笑みを向けているところを見ると、嫉妬心の欠片(かけら)もないようで落胆してしまう。

傷心しながらも気を取り直し、三十分ほどでアレンジを完成させた。今回も須賀原さんは出来栄えを褒めてくれて、いつものように爽やかな笑顔と香りを残してお店を後にした。

するとすぐに、留実ちゃんが私の元へ駆け寄ってきた。

「胡桃さん、いつイケメンさんと仲良くなったんですか？」

「仲良くって……」

今日は四時までの早番なので、留実ちゃんの勤務時間は過ぎている。それなのにまだ残っているということは、相当気になっていたのだろう。

「いい雰囲気でしたよね。付き合うんですか？　〝胡桃ちゃん〟って名前で呼ばれたりしてて、いつの間に？　って感じです」

この場から逃げ出したかったけれど、私は大きく首を横に振って、あえて店長にも聞こえるような声で言う。

「違うの。たまたま友達が同じ会社の同じ部署にいて、それでこの前、その友達つながりで偶然顔を合わせることがあって……」

「そうなんですか」

彼女の疑うような視線が痛い。〝合コン〟というワードは避けたため、私の説明に説得力がなかったようだ。

「そうだよ。付き合うとかない、ない」

私は片手を小刻みに振りながら否定した。治人さんは私の気持ちを知っているため何も言わない。

すると、店長が「留実ちゃん、まだ時間平気?」と声をかけた。

「あっ、はい。平気ですけど、何か……」

「じゃあ、みんな、ちょっといいかな。今月もご苦労さまでした。おかげで、先月より売上がアップしました」

「わぁ、よかったですね」

留実ちゃんの明るい声に私も大きくうなずいた。

「そこで来週の火曜に慰労会を開こうかと思ってるんだけど、みんな、予定はどうかな?」

そう数は多くないものの、こうして店長はときどき飲み会を開いてくれる。直近は新年会で、店長の隣に座れて、胸がドキドキしたことを覚えている。

「大丈夫です」

真っ先に答えたのは私だ。声が大きくなってしまい恥ずかしくなる。

ほかの二人も大丈夫とのことで、私は心の中でガッツポーズをする。先ほどまでのモヤモヤした気持ちはもう晴れていた。

その日の夜に、須賀原さんからメッセージが届いた。

『今日はありがとう。妹はとても喜んでいました。来週の火曜、食事に行きませんか？　前に言ってたカフェラテの美味しい店に連れていきたくて』

私は迷わず飲み会があることを伝えると、すぐに電話がかかってきた。

「胡桃ちゃん、ごめんね。遅くに」

時刻は十時半。まだ寝るには早い時間だ。須賀原さんの声は普段よりも艶やかに聞こえる。それは夜のせいだろうか。

「いえ、大丈夫です」

「今日はありがとう」

「こちらこそありがとうございました」

「火曜、飲み会なんだ？」

「はい、お店のみんなと」

「そう……」

須賀原さんの声は尻すぼみになり、少しの間、沈黙が流れる。何か話さなきゃと思っていると、「お店は今日いたメンバーで全員？」と尋ねられる。

「はい。一人いた女の子はアルバイトなので、社員は三人ですが……」

「今日サービスしてくれたのが店長？」

〝店長〟のひと言で、途端に鼓動が乱れる。

「はい……」

「彼は独身なの？」

「そうですけど……あの、店長が何か？」

「いや、ちょっと聞いただけ」

そういえば、合コンの日にも私に彼氏の有無を聞いてきた。

「胡桃ちゃん、次の休みはいつなの？」

「えっと、今週の木曜日です」

「木曜か……じゃあ、その日、食事に付き合ってくれない？」

忙しかったせいで、定休日以外の休みは久しぶりだけれど、今のところ、特に予定は入れてなかった。でも、これ以上、須賀原さんと距離を縮めるのはためらわれる。

それなのに何度もアプローチされているうちに、結局、また流されるような形で承諾してしまった。

「ありがとう。楽しみにしてるよ」

「いえ……」

まだ迷ったままの私に反して、須賀原さんの声は弾んでいる。

「また電話をしてもいいかな？」

「え？」

「胡桃ちゃんの声を聞くと、よく眠れそう」

「はい……」

「ありがとう。また電話するね。おやすみ」

「お、おやすみなさい」

男性と電話越しにおやすみの挨拶を交わすのは、いつ以来だろう。彼氏がいたのは、もう三年以上前のことだ。

久しぶりの〝おやすみ〟は、私の胸を少しだけときめかせた。

第三章　マリーゴールドの悲しみ

四月に入って最初の木曜日、須賀原さんと待ち合わせをしたのは、日本橋駅近くにある大型書店の前だった。

待ち合わせ時刻の午後六時にはまだ早いので、店内でガーデニングの本を読んでいると、須賀原さんは予定より十分ほど前に、「やっぱり、ここかぁ」と言って、私のいるコーナーへ姿を見せた。何フロアもある大きな書店なのに、私の行動が読まれているようで驚いた。

書店を出ると、彼が予約したお店に直行する。Ｅｉｒｙで働き始めてから、こうして日本橋を男性と歩くのは初めてだ。Ｅｉｒｙの窓から仕事終わりのカップルが歩いているのを見て、うらやましく思っていたけれど、今の私たちはどんなふうに見えているのだろう。

路地に入ると、須賀原さんは彼女でもない私を気遣い、さりげなく車道側に回った。

「買い物してたの？」

紙袋を手にしている私に、須賀原さんが尋ねる。

「はい。アロマ液を買いました」

「アロマ液か。なんの香り？　ラベンダーとか？」

アロマと聞くと、ラベンダーを一番に思い浮かべる人は多い。私も昔はそうだった。

「いえ、カレンデュラです」

「カレンデュラ？　知らないなぁ」

「えっと、マリーゴールドの花は知ってます？」

「学校によく植えてある、オレンジとか黄色の花でしょ」

「はい。カレンデュラはマリーゴールドのことなんです」

「へぇー。さすがは花屋さん、詳しいね。どんな香り？」

私は立ち止まって、買ったばかりのビンの蓋を開け、須賀原さんの鼻に近づけた。

その際、私の手が彼の口元にかすかに触れ、胸がざわめく。

「いい香りだね」

すぐそばで囁（ささや）くように言われて、さらに鼓動が激しくなる。夕日にうっすらと赤く染まった須賀原さんの顔は、まるで絵画のように美しかった。

到着したのはアメリカンカントリースタイルふうのカフェレストランで、インテリアなどすべてがお洒落（しゃれ）で、私好みだった。

「ここ、素敵ですね」

「よかった。妹にも伝えておくよ。胡桃ちゃんが好きそうだなって思ってね」

この辺りには何度か来たことがあるけれど、細まった通りにひっそりと建っているため、今まで気がつかなかったようだ。もともと出歩かないタイプの私だから、関心が薄くて、見つけられなかっただけかもしれない。

「妹さん、確か私の一つ上でしたよね？」

「そう。女の子とデートするのにいい店はないかって聞いたんだ」

〝デート〟と明言されて動揺する。本気なのか、それともそう言ってみただけなのだろうか。送ってくれたり、食事に誘ってくれたりしているのだから、少なからず好意は感じていたけれど、どの程度のものかはわからない。

「何にする？　妹はグラタンがお薦めだと言ってたけど……」

私の戸惑いをよそに、須賀原さんは普段どおりの様子で、壁に掲げてあるメニュー表を見ている。

「俺は海老グラタンのセットにするよ。胡桃ちゃんは？」

「あっ、はい……私も同じので」

顔をまともに上げられず、適当に答えてしまった。

須賀原さんは注文を終えると、実家で飼っている猫の写真を私に見せてくれた。その愛くるしい姿に、少し緊張がほぐれる。

本当のところ、二人で食事をするのは不安だった。先日の合コンや送ってもらったときに、すでに話のネタは出し尽くしてしまい、とても間が持たないと思っていたからだ。

でも、須賀原さんの見せる写真と、それにまつわるエピソードは面白くて、思いのほか話は広がった。恐れていた無言の時間は訪れず、気がつけば〝デート〟を意識することなく会話を楽しんでいた。

グラタンは、海老が大粒でとても食べ応えがある。セットのスープやサラダにはいろんな野菜が入っていて、普段、洗っただけですぐ食べられるという理由でミニトマトばかり食べている私には嬉しかった。

そして、お目当てのカフェラテと一緒にデザートを注文する。私はミルクレープ、須賀原さんはティラミスを選んだ。店員がテーブルを離れると、須賀原さんが少し改まった調子で、「ねぇ、胡桃ちゃん」と話しかけてきた。

「はい？　あっ、煙草ですか？」

「いや……合コン以来、煙草はやめてるから」

「じゃあ、もう一週間吸ってないんですか。三日で挫折する人が多いって聞きますけど、我慢強いんですね」

「いや、そうでもないよ。我慢できないこともある。……俺、胡桃ちゃんが好きだよ」

それは突然の告白だった。周囲の音が消えなくなり、心臓がバクバクと音を立てる。須賀原さんの瞳は真剣そのもので、からかっているわけでないことは明らかだ。

「胡桃ちゃんが俺のことをそういう対象として見てないのはわかってる。だけど、気持ちだけは伝えておきたい」

まだ出会って間もないのに、私のどこに好きになる要素があるのだろう。そんな魅力が私にあるわけない。須賀原さんは何か勘違いしているのだ。

目を伏せたまま、「ありがとうございます。……でも気持ちには応えられません」と呟くように答えた。私の心には店長がいる。

「好きな人がいるのもわかってるよ」

「えっ？」驚きのあまり、私は勢いよく顔を上げた。

「店長さんでしょ？　胡桃ちゃんの好きな人」

自分の気持ちが見透かされていることに衝撃を感じる。同時に、電話で店長のことを尋ねていた理由もわかった。

「ど、どうして……」

「この前、店に行ったとき、気がついたよ。胡桃ちゃんの店長を見る目が、俺を見る目と違ってたから」

「……」

「俺、初めて胡桃ちゃんを見たとき、ひと目惚れしたんだ。綺麗で可愛いなって」

「そ、そんなこと、今まで誰からも……」

「見た目だけじゃないよ。柔らかくて穏やかな声も好きだし、トルコキキョウのことを調べてくれたように、一生懸命なところも好きだ」

こんなふうに誰かにストレートに褒められたことはない。恥ずかしさで心が溶けてしまいそうだ。

「だから飲み会で会えたとき、本当にラッキーだと思ったんだ。運命かな、ともね」

「運命……」

強い瞳で見つめられ、吸い込まれそうになる。あのとき、須賀原さんが運命を感じていたなんて思いもしなかった。私は合コンの席にお客さまがいることに、ただ困惑しただけだった。

お互い押し黙ったまま、時間が過ぎる。おそらく数秒のことなのだろうが、何分にも感じられた。先に沈黙を破ったのは、須賀原さんだった。

「俺のことをまずは友達として、いや違うな……」

須賀原さんが私の手に自分の手を重ねた。

「一人の男として見てほしい」

「須賀原さん……」

　重ねられた手が痛いほど熱い。

「胡桃ちゃんの好きな人と同じ位置に立たせてほしい」

　いつも流されて、須賀原さんの申し出を受け入れてきたけれど、これだけはうなずくわけにいかなかった。そうした曖昧な態度を取ってきたから、勘違いさせてしまったのだ。

「須賀原さん、私――」

　もう一度、きっぱりと断ろうとしたとき、タイミング悪くカフェラテとデザートが運ばれてきた。重ねられていた手がゆっくりと離れる。コーヒーカップと皿がテーブルに置かれるのを、私は呆然（ぼうぜん）とした気持ちで見ていた。

　店員が去ると、須賀原さんが一度大きく息を吐き出した。顔を上げると、寂しげな笑顔がそこにあった。

「美味しそうだね。花も綺麗だし」

「そうですね……」

　ミルクレープの周りには、ベリーソースで簡単な花の絵が描かれていた。きっと告白される前ならば、〝可愛い〟とはしゃいでいたことだろう。

「じゃ、いただこうか」

「はい……」

須賀原さんが、何事もなかったようにカフェラテを口に運ぶ。それを見て私も、同じように口をつけた。

「美味しいね」

「はい……」

でも、胸の中が騒がしくて、味なんてわからなかった。

告白されてからはどんな会話をしたのか覚えていない。ただ、須賀原さんはそれきり私を好きだとは口にしなかった。

帰りの電車はお互い無言だった。何を話していいかわからなかったからだ。きっと、須賀原さんも同じ想いだったのだろう。

この日も須賀原さんは木場駅では下車せず、私の自宅まで送ってくれた。別れ際、失礼なことだとわかっていたけれど、私は一刻も早く部屋に戻りたくて、後ろを振り向くことなく、エントランスに駆け込んだ。

部屋に入ると、真っ先にお風呂を沸かして湯船に浸かった。何も考えたくないのに、須賀原さんのことが頭に浮かんでくる。

これまで男性に告白されたことは何度かある。彼氏だっていた。でも、あんなに真摯に気持ちをぶつけてくれたのは、須賀原さんが初めてだ。彼の想いに胸が締めつけられる。うすうす感じてはいたけれど、まさかこんなに本気で好きになってくれているとは思わなかった。

「でも、私が好きなのは店長……」

あえて声に出してみる。そうでもしないと、自分を見失いそうだった。

指の皮が白くなるまでお湯に浸かり、お風呂から上がった。冷蔵庫からミネラルウォーターを取り出して、ゆっくりと喉に流し込む。火照った身体から熱が引いていき、徐々に冷静さを取り戻していく。

ふとテーブルに目をやると、スマホが点滅していた。画面を見ると、『今日はありがとう。本当に好きです。おやすみ』と須賀原さんからの熱烈なメッセージだった。

私はスマホを裏返して、静かにテーブルに置いた。

翌週、待ち望んでいたＥｉｒｙの飲み会の日がやってきた。あれから須賀原さんとは顔を合わせてないが、毎日メッセージは届いていた。すべて目は通していたけれど、返信はしなかった。

飲み会の場所は、Ｅｉｒｙから二軒離れたビルの二階にある居酒屋。定期的にお花を購入してくれる得意先の一つで、決まってここが会場になる。

個室の座敷に通されると、店長の手がけた生け花が飾られていた。黒の花器に、しだれ柳がしなやかな流線を描いていて、さすがだと思う。奥に店長と治人さん、手前に私、留実ちゃんが座る。

「みんな、お疲れさま。忙しい日が続いているけど、いつもありがとう」

店長が私と留実ちゃんを交互に見る。今回は隣に座れなかったけれど、正面の席はキープできて、気分は高揚していた。

「店長こそ、お疲れさまです」

「ありがとう」

店長の笑顔が私だけに向けられ、胸がときめく。笑うときにのぞく片八重歯が好きだった。目にかかりそうなさらりとした前髪も。正面から見られてすごく幸せだ。

「ねぇ、胡桃さん」飲み始めてすぐのこと、留実ちゃんが私に身体を寄せる。「あのイケメンさんとは、連絡取ってるんですか?」

「え……」

「あの人ですよ、すごく背の高いイケメンのお客さまです」

須賀原さんにほかならない。まさか彼のことを聞かれるとは思わず、私は返事に困る。

「あの人、すごく素敵ですよね。胡桃さんのことご指名で、うらやましいです。美男美女でお似合いですよ」

留実ちゃんは未成年なので、飲んでいるのはジュースだけれど、まるで酔っているように楽しそうに話す。

店長が「すっかり胡桃ちゃんのお得意さまだよね」と話に加わる。その声は明るくて、嫉妬心など微塵（みじん）も感じられない。

私は胸の痛みを隠して、「ありがたいことです」と笑顔を作った。ちゃんと笑えていただろうか。斜め前に座る治人さんが微妙な表情で私を見つめている。

「いいなぁ、胡桃さん。美人だから」

「そ、そんなことないよ……」

すると店長も、「たしかに胡桃ちゃんは美人だ」と言った。

「えっ⁉」

私の萎んだ気持ちは一気に膨らむ。お世辞だと思うより前に嬉しさが勝（まさ）り、期待してしまう。でも、その期待は留実ちゃんの言葉で弾け飛んだ。

「わ、店長。そんなこと言っていいんですか？　遠くに住む彼女さんが怒っちゃいますよ」

私と治人さんが「え？」と、声を漏らしたのは同時だった。思わず、治人さんと顔を見合わせた。店長に視線を向けると、照れくさそうに頬を緩ませている。

「て、店長、彼女がいたんですね」

私は平静を装いつつ確かめる。

「まぁ……最近付き合い始めたというか、ヨリを戻したというか」

緩んだ表情がさらに綻ぶ。

治人さんが「なんで留実ちゃんが知ってるんだ？」と聞くと、留実ちゃんは「この前、お店に来たんですよ」と言った。

「胡桃さんがお休みの日で、治人さんの配達中にいらしたんです。可愛い人でしたよ。ひょっとして、私しか見たことないんですか？　なんだか得した気分です」

その日は私が須賀原さんに告白された日だ。一瞬でも心を揺らしてしまったせいで、恋の神様が罰を与えたのだろうか。

「私も見てみたかったな……」

そう話を合わせたけれど、きっと見ていたら泣いていた。今も、心は泣いている。


飲み会は三時間ほどでお開きになり、憂鬱な気持ちで外に出た。外は雨上がりの湿っぽい匂いがして、ますます心が暗くなる。

留実ちゃんは明日レポート提出があるらしく「お疲れさまでした」と言って、すぐに立ち去った。支払い中の店長が下りてくるのを待っていると、治人さんに「大丈夫か？　胡桃ちゃん」と心配そうに声をかけられた。

「大丈夫です」と答えた私の声は震えていた。少しも大丈夫でない。それをわかっている治人さんは何も言わずに、私の肩を優しく叩いた。

もし、店長の彼女より先に気持ちを伝えていたら、どうなっていただろう。激しい後悔の念に、心が荒れる。

私は店長と治人さんと別れた後、逃げ込むように近くのカフェに入った。注文したアイスコーヒーを受け取り、お店の一番奥の窓側のテーブルに座る。砂糖とミルクを取り忘れたけれど、立ち上がる気力もなく、普段なら飲まないブラックのまま、口につけた。苦みも何も感じなかった。

一人きりの家に帰る気になれなくて、ただぼんやりと窓の外を眺めていた。すると、誰かがテーブルの横で立ち止まる気配がした。店員かと思って顔を向けると、そこにいたのは須賀原さんだった。

「どうして……」

一人きりでいたくないけれど、誰かと話したいわけでもない。よりによって、こんなときに会うなんて最悪だ。

「いや、窓から姿が見えたから。胡桃ちゃん、今日飲み会は？」

「もう終わりました……」

「そっか。ここ座っていい？」

ダメとも言えず、首を縦に振った。須賀原さんは向かいに座ると、嬉しそうに微笑んだ。その笑顔は、今の私には眩しすぎた。心の鍵が緩んで、泣きそうになる。

「胡桃ちゃん？」

「ご、ごめんなさい」

たまらずうつむくと、瞳から涙が一粒こぼれた。

「胡桃ちゃん……」

堪えようとするけれど、涙が堰を切ったように溢れ出す。私は泣き顔を隠すよう両手で顔を覆った。

すると、須賀原さんは私の隣の席に移って、何も言わずに背中を撫で始めた。

でも、須賀原さんは何も聞かず背中を撫でたまま、ハンカチを私の手に握らせた。

今、優しくされたら、寂しさを埋めてほしくなってしまう。

「や、優しく、しないで……」

私は声を殺して、静かに泣き続けた。

涙が落ち着いた頃、隣から須賀原さんの気配が消えた。ハンカチから顔をのぞかせると、彼の姿がない。優しくしないでとは言ったものの急に心細くなる。

間もなく、須賀原さんが戻ってきた。私の向かいに座ると、優しい笑顔とともに、手にしていたドリンクを差し出した。

「よかったら、これ飲んで。期間限定の商品で、ホワイトチョコが入ってるんだって」

それはいかにも甘そうなアイスココアだった。

そして、須賀原さんは「代わりにこれをもらうね」と言って、私のブラックコーヒーを手に取って口をつけた。

「胡桃ちゃんも飲んで」

アイスココアを口にすると甘い風味が広がる。

「どう？　美味しい？」

うなずくと、須賀原さんは私の頭を撫でて「よかった」と微笑んだ。また涙がこぼれる前に、私はアイスココアを飲んで心を落ち着けた。

「すみませんでした。もう、平気です」

冷静さを取り戻すにつれ、須賀原さんを巻き込んでしまっていることに気づき、申し訳なく思い始める。私が帰るまで付き合う気でいるのかもしれない。もう時間も遅いし、これ以上、迷惑をかけたくない。

「須賀原さん、私、そろそろ――」

「ねぇ、胡桃ちゃん」

「はい？」

「俺の家、来る？」

〝送るよ〟と言われるかもしれないとは思っていたけれど、家に誘われるとは想像もしていなかった。たしかに今、一人の部屋には帰りたくない。だからといって、男の人の家に簡単に泊まるわけにはいかない。

　すると、須賀原さんは私の心を読んだかのように、「大丈夫。何もしないから」と言った。

「でも……」

「おいでよ。胡桃ちゃんを好きだけど、俺のことが好きじゃない胡桃ちゃんを襲ったりはしないから」

　私たちの会話が聞こえたのだろう。須賀原さんの斜め後ろに座る女性二人組がこちらをちらちら見ては声をひそめて話をしている。

「襲うとか、襲わないいじゃなくて……」

「あぁ、簡単な着替えなら、妹のものでよければあるし、化粧水もあるから」

「そ、そういうことじゃなくて……」

　須賀原さんはやはり強引だ。事の成り行きが気になるのか、先ほどの女性二人から、今度は無遠慮に見つめられる。恥ずかしさにいたたまれず、私は立ち上がった。

「とりあえず、お店を出たいです」

「そうだね。行こうか」

お店を出て、駅方面に歩き始める。ひんやりした空気が身体を包み、頭が正常に働き始める。こんな時間まで付き合ってくれたことには感謝しているけれど、やはり泊まるわけにはいかない。

「あ、あの……」

きっぱりと断ろうと思って、足を止めたときだった。後ろから強い衝撃を受けた。

「冷たっ！」

とっさに須賀原さんが腕をつかんでくれたおかげで、転倒は免れたけれど、背中に冷たい何かがかかったようだった。

須賀原さんが「大丈夫？」と心配そうに顔をのぞく。私はいったい何が起きたのか、理解できていなかった。すると背後から、「すみません」という若い女性の声が聞こえた。

その手には、先ほどまでいたカフェのロゴ入りカップが握られていて、女性の手を茶色く汚していた。状況から察すると、私にぶつかってこぼしたのだろう。きっと、私の背中も彼女の手のように汚れているはずだ。

「すみません。本当にごめんなさい」

女性の後ろにはもう二人女性がいて、一緒に頭を下げている。話に夢中になっていて、私が立ち止まったことに気づかなかったのだろう。

すると、須賀原さんが「気をつけて歩かないと。彼女、びしょびしょだよ」と、珍しく強めの口調で言った。その声に我に返り、私は言葉を発した。

「だ、大丈夫です。すぐ乾きますから」

香りからすると、私が飲んだアイスココアと同じものだ。ホットでなくて、まだよかったと思うしかない。

「胡桃ちゃん、平気？」

「大丈夫です。私もほかのことに夢中になると、人にぶつかってしまうことがあるので」

須賀原さんが私以上に怒ってくれたため、冷静でいられた。

「本当にすみません。クリーニング代をお支払いします」

女性は財布を取り出したが、私は遠慮した。

それにしても、今日はことごとくついてない。店長に失恋したうえ、こんな冷たい仕打ちまで受けるなんて。神様はいないのだろうか。

「寒くない？　こうすれば、ちょっとはマシかな」

須賀原さんが自分のスーツの上着を私に羽織らせた。

「ジャケット、汚れちゃいますよ……」

「いいよ、どうせクリーニングに出すつもりだったから」

「すみません。ありがとうございます」彼の優しさが胸に染みる。

「ううん。それよりクリーニング代、もらっておけばよかったのに」

「そんなことできません。それに安物の服ですから」

本当は店長の目を引きたくて、奮発して買った春用のニットだった。今日の飲み会に合わせて、初めて袖を通した。優しい黄色が気に入っていたけれど、失恋した今や、どうでもよかった。

「そういう胡桃ちゃんの心が広いところ、好きだな」

須賀原さんはそう言ってくれたけど、本当は小心者で投げやりになっているだけだ。

「タクシー拾うから、風邪を引く前に泊まりに来なよ」

「え、いえ、それは……」

「そもそも、そんなビショビショの格好じゃ、電車に乗れないでしょ」

「でも……」

「胡桃ちゃんの家より俺の家のほうが近いし、行徳までタクシー使ったら、きっと六、七千円かかるし。本気で風邪引いちゃうから甘えて」

須賀原さんはすぐにタクシーを止めた。この判断に迷いながらも、私は一緒にタクシーに乗り込んだ。

　車中、須賀原さんが気分を変えるように、「そういえば、俺もアロマ液を買ってみたんだ」と明るく言った。

「え、そうなんですか？」

「うん。グレープフルーツの香りを買ったよ」

「爽やかそうですね」彼にぴったりという感じがする。

「なかなかいい感じだった。胡桃ちゃんの好きなマリーゴールドの香りも探したけど、なかったんだよね」

「そうなんですね……」

　マリーゴールドの花言葉は〝悲しみと嫉妬〟。そして〝叶わぬ恋〟という寂しい意味もある。今の私にぴったりだった。


　須賀原さんの自宅には十分ほどで到着した。新しめの十四階建てマンションの七階に住んでいた。間取りは2LDKで、私の部屋よりずいぶん広く感じられる。

　自己紹介のときに読書が好きだと言っていたけれど、その言葉どおり、書棚は本でいっぱいだった。そして、柑橘系のいい香りがした。

「綺麗にしてますね」

「いや、よく見ると汚れてるよ。だから遠目に見てね」

そう言われると、余計に部屋の様子が気になってしまう。リビングを見回していると、小さなキッチンカウンターに、レインボーローズとアイリスが短いグラスに生けてあるのが目に留まった。

「飾ってくださってるんですね」

「もちろん。毎日、元気をもらってるよ」

でも、今の私に花たちがくれたのは悲しみだった。私には、〝奇跡〟も起こらなければ、〝希望〟もなかった。失恋のショックにまたのみ込まれそうになる。

「少し待たせてもよければ風呂を入れるけど、どうする?」

その言葉でかろうじて気持ちを立て直した。濡れた身体を早くどうにかしたいこともあって、シャワーを使わせてもらうことにした。

シャワーを浴びていると、浴室の扉の向こうから「タオルと着替えを置いておくから」と声がした。すりガラスだから見えないことはわかっているけれど、恥ずかしさと緊張で胸がドキドキして、返事をする声が上ずってしまった。

ココアでべたついていた背中と泣いた後の顔を洗い流すと、少し気分がさっぱりした。用意してくれた着替えは、厚手で丈長のグレーのワンピースだった。ちなみに下着はマンションに入る前に取り急ぎコンビニで買ったものだ。

風呂上がりの姿を見られるのが恥ずかしくて、恐る恐るリビングに戻った。下を向いたまま、シャワーを使わせてもらったお礼を言うと、須賀原さんがソファから立ち上がって、私の顔をのぞき込んだ。

「胡桃ちゃんって、素顔、綺麗だね」

「……」

至近距離で囁かれ、恥ずかしくて言葉に詰まる。

「ごめん。気を悪くした？　でも、素直にそう思っただけだから」

「須賀原さんのほうが綺麗ですよ」

やっと返せたのは、自分でも顔を赤らめるような台詞で、慌てて目をそらした。須賀原さんは「男で〝綺麗〟も複雑だけど、褒め言葉だと受け取るよ」と笑った。

でも、綺麗だと思うのは本心だ。近くで顔を突き合わせると、美形すぎてめまいがする。みなみも、留実ちゃんも、目を輝かせるのはうなずける。

「須賀原さんって、モテますよね」

「俺がモテたいのは、胡桃ちゃんからだけだよ」

返事に困って黙り込むと、須賀原さんが私との距離を縮めた。驚いて一歩後退すると、手首をつかまれる。

「な、なんですか……」

何もしないと言ったのは、嘘だったのだろうか。これ以上、悪夢は見たくない。恐怖で身体が震え出す。

「胡桃ちゃん、誤解しないで。何もしないって約束したよね」

須賀原さんは安心させるように、落ち着いた声で言った。

「ただ、もう一度、ちゃんと伝えておきたいだけなんだ。……好きなんだ、本当に。ただそれだけ。俺の気持ちが胡桃ちゃんにあることを忘れないで」

ストレートな告白に心が激しく震える。見つめ合ったまま動けなかった。

どれくらいの間、そうしていたのだろう。須賀原さんは「怖がらせてごめんね」と言って微笑むと、屈めていた身体を元に戻し、私の手を離した。

「よかったら座って」

そう言われてソファに座ろうとすると、飾り棚に立てられたフォトフレームが目に入る。その写真は、須賀原さんと綺麗な女性がピースサインをしているものだった。

「ああ、それ、妹」

「妹さんですか……」

たしかによく見ると、須賀原さんと目鼻立ちが瓜二つだ。

「すごく綺麗な方ですね。須賀原さんにそっくりです」

「そうかな？　昔は似てるって言われたけど、最近は言われないなぁ。それに胡桃ちゃんのほうが綺麗だし」

そんなことは絶対にない。話題を変えたくて、私の得意分野に話を振った。

「後ろに写っている花はライラックですよね？　どこで撮られたのですか？」

「なんの花かは知らないけど、葛西臨海公園（かさいりんかいこうえん）だよ。たくさん咲いてたよ」

「そうなんですか。行ってみたいな……」

ライラックの開花時期は四月から五月。まさに今が旬だ。

「じゃあ、今度の休み、一緒に行かない？」

「でも、私、休み合いませんよ」

仕事柄、休日がカレンダーどおりの人とはなかなか遊べないことは、須賀原さんもわかっているはずだ。

「大丈夫。俺、有休を消化しないといけないんだ。だから、胡桃ちゃんの休みに合わせて休み取るよ。行こうよ。ライラックだっけ？」

「はい」

「よし、決まり」

私は花の名前を聞かれたので〝はい〟と答えたつもりだったけれど、須賀原さんは花を観にいく約束が成立したと勘違いしているらしい。いや、前にも似たようなことがあった。たしかデザートバーに誘われたときだ。ひょっとして確信犯なのかもしれない。

疑惑の目を向けかけたけれど、嬉しそうに「楽しみだね」と微笑まれると、どうでもよくなってしまった。

「須賀原さんって強引ですよね」と呟くと、「そうかな？　胡桃ちゃんを彼女にしたくて必死なだけだよ」と返ってきた。〝強引〟だろうが、〝必死〟だろうが、そうした自覚があるということは、間違いなく確信犯に違いない。

ほんの少しでも、須賀原さんの強引さが私に備わっていれば、店長に気持ちを伝えることくらいできただろうと思い、うらやましくなる。

「誰に対しても、初めはこうなんですか？」

「初め……というか、こんなことを言うと、調子に乗ってるように思われそうなんだけど……、いいのかな、言って……」

須賀原さんにしては珍しく躊躇（ちゅうちょ）しているようで、頬を照れくさそうに掻（か）いている。

その仕草が余計に私の関心を引く。

「言ってください。どんなことですか？」

「今まで告白されるばかりで、俺からしたことはないんだ。こんなに必死になったのも初めて。だから、今回が俺の初恋」

これまでかなりモテたことは容易に想像がつく。でも、初恋の相手が私？

「そ、そんな、嘘ばっかり……」心臓が早鐘となって胸をつく。

「嘘じゃないよ、本当に胡桃ちゃんが好きだから」

「や、やめてください！　もう……」

私は両手で耳を塞いだ。できることなら心も閉じてしまいたい。

すると、須賀原さんは優しく私の手を耳から離し、「今は信じてもらえなくても、これから頑張るよ」と言った。

これ以上頑張られたら、きっと私は自分を保てなくなる。すでに学生の頃から一途に想ってきた恋心が、嘘のように揺さぶられている。

失恋したとはいえ、まだ完全にあきらめたわけではない。今でも、私の心の中にいるのは店長で、須賀原さんではない。

「今度の休みの花見、約束だよ」

「……はい」

それでも、今度は流されたわけでなく、自分の意志でしっかりとうなずいた。

「嬉しい。ようやくちゃんと受け入れてもらえた」

紫色のライラックの花言葉は〝初恋〟。なんという偶然だろう。なんだかクラクラしてしまう。

その夜は須賀原さんがソファで寝て、私に寝室のベッドを使わせてくれた。

寝る直前、私がベッドに入ると、須賀原さんは「おやすみ」と言って、優しく頭を撫でてくれる。私が照れながら「おやすみなさい」と小さな声で返すと、手が離れて、扉の閉まる音がした。

もし一人であのまま帰宅していたら、今頃、まだ泣いていたかもしれない。いろいろあったけれど、須賀原さんに会えてよかったように思う。

彼氏でもない男性と二人きりのため、初めは胸がドキドキしていたけれど、泣いて疲れたせいもあるのだろう。瞳を閉じると、すぐに睡魔が襲ってきた。

翌朝、「胡桃ちゃん、起きて」という声で目を覚ました。一人暮らしの私を起こす人はいないから、夢かと思った。でも、もう一度「胡桃ちゃん」と呼ばれて、目を開いた。

「おはよう。胡桃ちゃん」

「あ……おはようございます」

ベッドの横から須賀原さんが私の顔をのぞいている。恥ずかしくて、布団を口元まで手繰り寄せる。

「寝るのが遅かったから、寝不足かな？」

「い、いいえ。よく眠れました」

「よかった。適当に朝ご飯買ってきたから食べよう」

須賀原さんが「ほら、おいで」と手を差し出したので、つられるようにその手を取った。その直後、自分の浅はかさに頬が熱くなる。

ベッドを出ると、いったん心を落ち着けるため、洗面所に避難した。鏡に映った顔はひどいものだった。目が腫れていて、明らかに泣いたことがわかる。冷水で洗ってみたものの効果はなかった。後で、メイクでごまかすしかなさそうだ。

染みのついた服は昨夜洗い、乾燥しておいたことで、遠目にはわからない程度になっていた。ただ昨日と同じ服を着ていることはごまかしようがない。店長に気づかれないかと心配になるのは、まだ未練のある証拠だろう。

リビングに戻ると、須賀原さんがテーブルにパンやおにぎりを広げて待っていた。

「胡桃ちゃん、好きなの取って」

「じゃあ、サンドイッチをいただいてもいいですか？」

「どうぞ。紅茶も淹れたから飲んでね」

「ありがとうございます。いい香りですね。いただきます」

ティーカップに鼻を近づけると、ほんのりと苺のような甘い香りがした。口にしてみると、予想どおり苺の紅茶だった。優しい味に癒される。

「美味しい……」

「よかった。砂糖の代わりに苺ジャムを入れたんだ」

「ロシアンティーですね」

ずいぶん女性らしいことをするなと思いつつ、もうひと口飲んだ。

「初めて飲みました。今度、私も真似してみます」

私が少し笑って言うと、彼も笑う。

食事を終えてカップを洗うと、メイクをするために再び洗面台の前へ向かった。泣き腫らしたひどい目元をどうにかしなければならない。

とにかく濃くベージュのコンシーラーを塗り、その上からリキッドタイプのファンデーションを重ねて塗った。でも、逆にお化けのようになってしまい、とても人前に出られる顔でない。

するといつから見ていたのか、隣から須賀原さんが私の顔をのぞき込んできた。見られたくなくてうつむいたが、指で顎を持ち上げられる。

「胡桃ちゃん、メイク一度落としていい？」

「えっ⁉」

「少しはやり方わかるから、俺がやってあげる」

「え、でも……」

須賀原さんはメイク落としのシートを手に取り、「目を閉じて」と言って、私の目の上に置いた。目元がひんやり冷たくなったかと思うと、ゆっくりと動かし、しばらくして離れた。

「あ、あの……」

「乾燥するでしょ。化粧水つけるね」

そう言うと、化粧水をコットンに落とし、私の目の周りに当てた。その手つきはすごく慣れていて、どうしてこんなことができるのだろうと不思議になる。

それから私の目元に、優しく叩くようにファンデーションを塗り始めた。なんだかくすぐったい。化粧品売り場で女性店員に塗られた経験は何度かあるものの、相手が男性のせいか、そのときよりムズムズする。

アイライナーで目の縁をなぞる際、須賀原さんの顔が接近するので、緊張した。

「あ、あの……」

「ん？」

「どうしてこんなに手慣れてるんですか？」

「俺の母親が美容師なんだ。家の一階が店になってて、普段は母が一人でやってるんだけど、昔から成人式の日なんかは、俺と姉も手伝わされていたんだ」

須賀原さんの手が目元から下に降りていくのがわかった。きっと、このまま、すべてメイクしてくれるつもりなのだろう。

「髪も切れるんですか？」

「いや、さすがにそれは無理だよ。着付けは一応できるけど」

「すごい！」

「よしできた！　どうかな？」

鏡をのぞくと、多少腫れぼったさは残っているけれど、自分で施したメイクよりも断然よくできていた。

「あ、ありがとうございます！」

「ごめんね。勝手に……」

「いえ、助かりました」

これなら、お客さまの前にも、店長の前にも立てるだろう。


支度を済ませると、一緒に部屋を出て、同じ電車に乗った。車内は混んでいるため、須賀原さんは私をドアの端の方に寄せ、周りから守るように立ってくれた。そのおかげで、いつもより押されなくて楽だったけれど、須賀原さんとの距離はほぼゼロ。身体が密着するので、恥ずかしくて仕方がなかった。

Ｅｉｒｙの前で須賀原さんと別れ、深呼吸を一つしてからお店に入る。すぐに店長と目が合い、後ろめたさで胸が痛む。なんとか笑顔を作って挨拶すると、店長はいつもの爽やかな笑顔を私に向けた。

「胡桃ちゃん、さっそくなんだけど、花束の注文が入ったから作ってもらえる？」

「わかりました」

店長は私の顔のことにも、昨夜と同じ服を着ていることにも触れない。ありがたいような、寂しいような複雑な気持ちだった。

一日中、気分は停滞したままで、悲しくなるだけなのに気がつくと遠くから店長のことを見ていて、そのたびに涙がこぼれそうになるのを我慢した。それでも、お客さまが来ると、無理にテンションを上げて、笑顔で応対したため、帰る頃には疲れ切っていた。

行徳駅で降りると、日課となっているスーパーにも立ち寄らず、真っすぐ家に帰る。一日空けただけなのに、なんだか部屋が寒々しく感じられた。きっと、昨日二人でいたせいだろう。

バッグを置くと、少し休んだらお風呂に入るつもりで、ベッドに倒れるように横になる。結局、そのままメイクも落とさずに眠ってしまった。


目を覚ましたのは明け方だった。さっとシャワーを浴びて着替えを済ませると、バッグからスマホを取り出す。思い返せば、昨日のお昼休憩のときに着信をチェックした後、スマホに触れた記憶がない。疲れ切っていて、バッグに入れっ放しだったようだ。

着信を確認すると、夕方六時半に、綺麗な夕暮れの写真と『マジックアワーってやつかな?』という短いメッセージが、須賀原さんから送られてきていた。紫がかった幻想的な空の写真を見ていると、すべてが小さなことに思えてきて、なんとか今日も一日乗り切れそうな気がした。

早起きしたこともあって、その日はいつもより二十分ほど早くお店に出た。すでに店長は出勤していて、挨拶を交わすときに胸が締めつけられたけど、昨日に比べれば、若干、痛みは軽減していた。

朝一の配達を終えて、お店に帰る途中スマホが鳴った。須賀原さんからだった。電話に出ると、急な食事の誘いだった。

話によれば、須賀原さんの同僚が、この界隈(かいわい)のイタリアンのお店を今日予約していたけれど、仕事の関係で急きょ行けなくなってしまったそうだ。予約を取るのが半年待ちの有名店のため、せっかくだから須賀原さんに代わりにどうかと声をかけたらしい。三名での予約になっているそうだ。

須賀原さんの気持ちを知ったばかりで、正直、気が重かったけれど、みなみも来るなら、という条件でOKした。五分ほどして、須賀原さんではなくみなみから、『了解! ご指名ありがとうございます』とメッセージが届いた。

約束の時間より五分ほど早く、須賀原さんとみなみがＥｉｒｙの前に姿を現した。私は急いで帰り支度を済ませ、店長に挨拶をしてお店を出た。

「胡桃ちゃん、お疲れさま」

「すみません。お待たせしてしまって」

「いいよ、胡桃ちゃんに会いたかったから」

みなみの前で、いきなり甘い台詞を口にされて、気が遠くなる。告白されたことは、みなみに言っていない。なのに、みなみは「私も会いたかった」とからかうように小首を傾げた。ひょっとして、須賀原さんからもう聞かされているのだろうか。

須賀原さんは私の頭の上に手を置くと、瞳をのぞき込むようにして、「じゃあ、行こうか」と笑顔で言った。みなみが愉快そうに手で顔を扇いでいる。

歩いて十分ほどでお店に到着した。案内されたのは、窓際の四人掛けの席で、須賀原さんは私の正面、みなみは隣に座った。

ウエーターがメニュー表を見せながら、料理の詳細を説明する。みなみがうきうきした様子で「いろいろ頼んでシェアしません？」と提案する。私も、須賀原さんも同意し、それぞれ食べたい料理を上げて、調整してから注文した。

料理が届くと、みなみがてきぱきとサラダやピザを取り分ける。

私が須賀原さんに「みなみは意外に気配り上手なんですよ」と言うと、「〝意外〟は余計でしょ」と、みなみが頬を膨らませた。

「ごめん！」

「冗談よ。でも、気配り上手なんかじゃなくて、長女体質なだけ」

「田辺も〝南田さんは気が利く〟っていつも褒めてるよ」

「えっ、嫌だ。私、田辺さん、全然タイプじゃないですよ」

「そういう意味じゃないと思うよ」

「わかってます。ジョークですよ、ジョーク」

なんだか二人は楽しそうで、お似合いに見える。職場も同じだから、休みも同じ。

私よりもみなみのほうがうまくいく気がする。

「須賀原さんとみなみ、仲いいんだね……」

「いいよ。だって、私と仲良くしたほうが、須賀原さんにはメリットがあるしね、須賀原さん？」

「うん、まぁ、そうだね」

「え？」

どういう意味なのかわからずきょとんとしていると、みなみが付け加える。

「仲良くしておけば、胡桃とのこと、援護してもらいやすいでしょ」

「そう。俺は胡桃ちゃんが好きだからね」

「わー、私も言われてみたい。須賀原さんって、熱いんだぁ」

みなみは明らかに面白がっている。自分の顔が一気に赤くなるのがわかった。恥ずかしくて、身体が熱い。みなみを誘ったことを後悔する。

たまらず、うつむくと、須賀原さんが申し訳なさそうに、「ごめん。南田さんとの仲を誤解されたくなかったから」と言った。

私は小さくうなずいたものの、誰かいる前でのそういう発言はやめてほしいと思う。案の定、みなみが「須賀原さん、かなり攻めるタイプなんですね」と面白がっている。私は泣きたくなるほど恥ずかしくて、グラスのワインを一気に飲み干した。

みなみが呆れたように言う。

「そんな飲み方して、大丈夫？　あとで〝くる〟よ」

お酒に強いほうではないが、これくらいではさすがに酔わないと思う。

「とりあえず食べよう。そのほうが酔わないし」

須賀原さんのひと言で、私たちは食べ始めた。

ピザはプチトマトやルッコラなど、生野菜がたっぷりトッピングされていて、ヘルシーで美味しかった。ただ、口の小さな私には少し食べづらく、口元を手で押さえながら食べる。一方、須賀原さんは綺麗に口に運んでいて、つい見惚れてしまう。

「どうかした？」

「い、いえ。食べ方、綺麗ですね」

「そう？　俺の口が大きいだけじゃない？　胡桃ちゃんは食べ方も可愛いよ」

恥ずかしくて、口元だけでなく、顔を丸ごと隠したくなる。

すると、みなみが唐突に「須賀原さん、キス上手そう」と言い出した。

「えっ、俺が？」

「はい。キスが上手い人は、食べ方が綺麗なんですよ」

「本当？　初めて聞いた」

須賀原さんのやや薄めの形のいい唇に目がいってしまう。そんな私を須賀原さんが見つめていることに気づいて、慌てて「あ、あの、須賀原さん。私、飲み物頼んでいいですか？」と、周囲が振り向くほど大きな声で言ってしまった。

「ご、ごめんなさい」

「ああ、気にしないで」

ウエーターを呼び止め、メニュー表を持ってきてもらう。私が何を注文するか迷っていると、須賀原さんがカクテルを選んでくれた。

運ばれてきたグラスの上には、赤色のアネモネが飾られていた。赤いアネモネの花言葉は〝あなただけを愛す〟。きっと須賀原さんは知らないと思うけれど、胸がドキドキしてしまった。

話は弾み、失恋のこともすっかり忘れて、楽しい時間を過ごした。デザートを食べ終えると、須賀原さんに「帰る前に化粧直ししてきますね」と声をかけ、私とみなみは席を立った。戻ってくると、すでに支払いは済ませてあって、支払うと言っても金額を教えてくれなかった。

「すみません。今度、お礼しますね」

私が頭を下げると、須賀原さんは「誘ったのは俺だから」と優しく微笑んだ。

お店を出ると、みなみは「ごちそうさまでした。胡桃、私はここで帰るね」と言って、足早に去ってしまった。

「胡桃ちゃん、俺たちも帰ろうか」

「はい」

駅までの道のりを二人で歩く。不意に左手に温もりを感じ、ハッとして隣を見上げた。須賀原さんは足を止めず、前を向いたまま何も言わない。振りほどこうと思えば振りほどけたのに、そうしなかったのはアネモネの花に酔ったせいかもしれない。


二日後の土曜日。私は朝からギフト作りに追われていた。

目が回るような忙しさだったけれど、私にとってはそのほうがよかった。店長のことで沈んでいる暇はないし、須賀原さんのことも考えずに済むからだ。

　お昼前、仕事が休みのはずのみなみがお店にやって来た。これから祖母の誕生日を祝いに行くそうで、アレンジを注文した。

「お祖母ちゃん、好みの花とか色とかある？」

「どうかな……お任せする」

「じゃあ、お祖母ちゃん世代が喜びそうな花にするね」

　アレンジを作っている間、みなみがいろいろ話しかけてくる。

「ねぇ、須賀原さんのことはどうするの？　付き合わないの？」

「わからないよ。っていうか、その話はここではなし」

　私は声をひそめて言った。治人さんならともかく、店長には聞かれたくなかった。

　すると、みなみは店頭で接客している店長に視線を向けて呟くように言った。

「あの人より、須賀原さんのほうがいいと思うけどな……」

「みなみ！」

「ごめん、ごめん、もうおしまいにする」

　手を合わせて謝るみなみを、私は険しい顔で睨んだ。

　アレンジを作り終えると、店長が歩み寄ってきて、「これ、挿してあげて」と、クマの人形とハートの風船のピックを差し出した。

「使っていいんですか？」

「胡桃ちゃんのお友達だからね」

店長はみなみに笑顔を向けると、新たに来たお客さまの応対に向かった。

「いいの？　それ」と、みなみが尋ねる。

「うん、よかったね。可愛くなるよ」

そう言って私は、花の間にピックを挿した。クマの可愛らしさが花を引き立たせ、贈り物感がずいぶん増した。

「ほら、可愛い」

「本当だ。ありがとう。なかなか店長もいい男かもね」

手のひら返しのコメントに、私は苦笑した。

お店の外まで見送りに出ると、みなみが真顔で言った。

「今日、須賀原さん、休日出勤してるよ。この前のお礼に、食事にでも誘ってみたら？　こだわってないで、須賀原さんのことも少し考えてみなよ」

「でも……」

「今日はありがとね」

みなみは笑顔に戻ると、「じゃあ」と言って帰っていった。みなみの後ろ姿が見えなくなると、私はルーナレナ製薬のビルを見上げた。空は青く、眩しかった。

店内に戻ると、店長が「アレンジよくできてたね」と褒めてくれた。優しい笑顔に心が揺れる。今日も店長は嫌になるほど素敵だ。

「ありがとうございます」

「花の使い方がよかったし、ラッピングの色も合ってた。本当にうまくなったね」

「そんな、とんでもないです」

恥ずかしくて目を伏せると、店長は私の頭を優しく撫でてくれた。触れられると、切なくて涙が滲みそうになる。

手が頭から離れると、寂しいと思うよりホッとした。もうこれ以上好きになりたくない。いっそのこと、嫌いになれたらいいけれど、そんな要素は何一つなかった。

私はどうすればいいのだろう。まだこんなにも店長に心を揺さぶられてしまうのに、須賀原さんのことを誘ったり、考えたりすることなんて、できるわけがなかった。

午後になっても、接客と予約のギフト作りに追われ、閉店まであっという間だった。

「今日は疲れたでしょ」と、店長がねぎらってくれたけど、私は首を横に振った。

「いえ、大丈夫です。忙しいほうが、やりがいがあります」

「そう言ってもらえるとありがたいよ」

私は嘘つきだ。やりがいなんて感じていなかった。むしろ、何も感じないようにしていた。それなのに、店長は私の言葉を信じ、目を細めていて胸が痛む。

「そうだ、胡桃ちゃん。月曜、休みにしていいよ」

「え⁉　今度のですか？」

「今のところ、注文はそれほど入ってないから心配しないで。月、火と連休になれば、ゆっくり休めるでしょ」

気遣ってもらい、恐縮してしまうけれど、今の私にはありがたい話だった。店長と少し離れて、心を整理したかった。

「いいんですか？」

「いいよ。たまには遠出でもしてきなよ」

「そうですね……」

しかし、あいにく平日に遠出に付き合ってくれるような相手はいない。一瞬、須賀原さんの顔が頭に浮かんだけれど、さすがにこんな急に休みは取れないだろう。それに店長の存在がまだ私の中で大きいことを、今日思い知らされ、とても声をかけてみる気にはならなかった。

「よし、じゃあ、決まり。本当にお疲れさま。着替えておいで」

「ありがとうございます」

この日、ラストまでシフトに入っていた留実ちゃんが「お先に失礼します」と言って、お店を出ていった。けれども、またすぐ入り口から顔をのぞかせて、「胡桃さん、お客さまです」と手招きされた。

誰だろうと思いながら、外に出ると、私服姿の須賀原さんだった。

「どうして……」

私が目を丸くすると、須賀原さんは「お疲れさま」と微笑んだ。すると、その様子を見ていた留実ちゃんが、「今度の月曜、火曜と、胡桃さんお休みなんですよ」と楽しそうに言った。

「る、留実ちゃん……！」

戸惑っていると、留実ちゃんは「じゃあ、また水曜に」と言って、帰ってしまった。

須賀原さんが「ごめんね。突然来て」と言って、恥ずかしそうに頭を掻く。

「いえ……どうしたんですか？」

「胡桃ちゃんに会いたくて待ってた。もう終わり？」

今夜もストレートな台詞で、私の胸を刺激する。

「あ、はい。荷物を取ってくるので、少しお待ちください」

店内に戻ると、店長は伝票と睨めっこしていて、私を気にする様子はなかった。

帰り支度を終えて挨拶しようとすると、店長は疲れているのか、鼻根の辺りをつまんでいる。

「大丈夫ですか？　かなりお疲れですね。私、月曜も出勤しますよ」

「ありがとう。でも、大丈夫。休みのことは気にしないで」

「店長も早く休んでくださいね。店長が倒れたら、お店、やっていけないですから」

「胡桃ちゃんは優しいね。倒れはしないけど、店のことは心配してないよ。目の前に優秀な人材がいるからね」

「そんな、私なんてまだまだです……」

「ほんと、うまくなってるから、自信を持って」

店長は私に近づいて頭を優しく撫でた。私は胸を引き裂かれる思いでお店を出た。

「お待たせして、すみません……」

気が咎めてしまい、目を伏せたまま言った。でも、返事がないため見上げると、須賀原さんも私と同じように、少し寂しそうな顔をしてうつむいていた。

「あ、あの……」

「勝手に待ってて、ごめん」

「いえ……」

「送るよ。帰ろう」

なんだか様子がおかしい気もするが、歩き始めた。私に歩幅を合わせてくれるところや、通行人に当たらないように守りながら歩いてくれる姿はいつもどおりだけれど、須賀原さんは黙り込んだままだった。

「胡桃ちゃん」駅に着くと、須賀原さんがようやく口を開いた。

「はい……」

真剣な眼差しを向けられて、胸の鼓動が大きく跳ねる。その瞳は少し潤んでいるように見えた。

「……いや、いいんだ。ごめん。行こう」

言いかけた言葉の代わりに、須賀原さんは私の手を握った。火傷してしまいそうなほどの熱が伝わってくる。その熱を感じながら、電車に乗った。

私の手を握ったまま、須賀原さんはもう一方の手でつり革をつかんだ。手を繋いでいるため、電車が揺れるたびにお互いの身体がぶつかる。

そっと隣を見上げると、須賀原さんは窓の外を、澄んだ瞳で見つめていた。私も同じく窓の方に目を向けると、闇の中に、須賀原さんと私の姿が映っていた。窓越しに視線が絡む前に、私は目をそらした。

木場駅で停車したとき、「着きましたよ」と声をかけたが、須賀原さんは「送りたい」と言って降りなかった。再び電車が走り出すと、私は「すみません」と頭を下げる。

すると、須賀原さんは私の知る優しい表情に戻って、「謝らないで」と言った。

「つきまとって迷惑かけているのは俺だから」

「そんな迷惑だなんて……」

「いや、本当にごめん。ただ、そう言いながらなんだけど、じつは今日出勤になったおかげで、今度の火曜、代休が取れたんだ」

「え？」

「で、ほら、この前話したライラックを見に行こうよ」

須賀原さんの家に泊まったとき、たしかにOKしていた。今さら断れない。

「それと、さっき月曜も休みだって聞いたけど、その日も俺に時間をくれないかな？」

「えっ……はい……」

「おそらくだけど、月曜も午後からなら休めると思う」

私は答えに迷った。

「何か予定ある？」

顔をぐっと近づけられ、思わず「いいえ、特には……」と正直に答えてしまった。

「じゃあ、いいよね？」

「え、あぁ……」

「決まり！」

「で、でもお休みなんて、そんな簡単にもらえます？」

「ゴルフ次第かな？」

「ゴルフ?」

「ああ。明日、上司とゴルフの予定なんだ。飲み代と半休を賭けて勝負してみるよ。もし負けたら、土下座でもしてみる」

そう言って、須賀原さんは自信満々に微笑んだ。


翌日の夜、須賀原さんから「午後、休みをもらえることになったよ。約束どおり出かけられる」と電話が入った。

「せっかく二日あるから、旅行もいいかと思ったけど、さすがに……だよね?」

言いたいことはすぐわかった。でも、もちろん泊まりの誘いには応じられない。すでに泊めてもらったことのある私が言うのも憚(はばか)られるけれど、彼氏でない男性と泊まりに行くなんてとんでもないことだと思う。

「旅行は……」

須賀原さんはすぐに私の返事を察したように、明日は近隣の熱帯植物園に行き、明後日にライラックを見に行こうと別の提案をした。

女性の好みに合わせて行動できる男性は、ポイントが高い。でも、二日間も〝花〟続きでいいのだろうか。

「須賀原さんはつまらなくないですか?」

「そんなことないよ。前にも言ったけど、花に興味が出てきたんだ。それに胡桃ちゃんが喜んでくれると思うと嬉しいし」

「わ、わかりました……」

「よかった。じゃあ、明日迎えに行くよ」

「でも、午前中は仕事ですよね。私が近くまで行きましょうか？」

「いや、一度自宅に戻って着替えたいから。俺がスーツだと、胡桃ちゃん、リラックスできないでしょ」

「それは、たしかに……」

須賀原さんがスーツなら、私もラフな格好ではいられない。

「駅から植物園まで距離があるみたいだから、明日は車で行こう」

「え、あっ、はい」

「じゃあ、仕事が終わったら迎えに行くね。たぶん二時頃かな。行く前に連絡を入れるよ」

「わかりました」

「楽しみにしてるね」

「あ、はい……」

電話の向こうから聞こえる須賀原さんの声は弾んでいて、楽しみにしているのは嘘ではなさそうだ。私もすごくとは言えないが、場所が場所だけに楽しみではある。

明日はどんな日になるのだろう。男性の車で出かけるなんて、まさにデートだ。

相手が店長なら……という気持ちが少し頭をもたげるけれど、誘ってくれた須賀原さんに失礼だ。私もそろそろほかの人に目を向けるべきなのかもしれない。店長に想いが届くことは、もうないのだから……。


翌日、スマホの着信音で目を覚ました私はベッドから跳ね起きた。

「やばっ……」

メッセージの送り主は須賀原さんだった。『仕事終わりました。また家を出るとき連絡します』とある。時刻を確認すると、もうお昼の十二時を回っている。

須賀原さんに失礼のないようにと、昨夜は服選びに迷って、深夜一時過ぎまで一人でファッションショーを開いていた。目覚ましは八時に設定したはずなのに、無意識に止めていたらしい。それにしても寝過ごしすぎだ。

須賀原さんが迎えに来るまでまだ時間はあるけれど、気持ちが急いて落ち着かない。普段よりやや化粧を濃く乗せ、昨夜悩み抜いて選んだ服を着て到着を待つ。須賀原さんが迎えに来たのは、予定していた二時より少し前だった。

エントランスに向かうと、須賀原さんは車を降りて待っていた。私は小走りで駆け寄った。

「すみません。お待たせしました」

「こんにちは」

「こ、こんにちは」なんだか照れくさくて、声が震えた。

「そういう服、似合うね。すごく可愛いよ」

「えっ、あ、ありがとうございます」

まず女性の服装を褒めるとはさすがだ。ますます照れてしまう。

今日の私は淡いシフォン生地の薄ピンクのトップスに、黒のショートパンツというコーディネート。今まで須賀原さんに見せたことのない格好だ。あまり褒められると、やや露出が高めな脚が恥ずかしくなる。

一方、須賀原さんは白のTシャツの上に、ピンク交じりの茶のチェック柄の半袖シャツを羽織り、ベージュのパンツを合わせている。私好みのコーディネートで、とてもよく似合っていた。

須賀原さんの車は、車高の高いダークブルーのSUV車だった。なんだか彼らしいと思う。

「車、大きいですね」

「うん。中古だから古いけどね」

でも、手入れがいいせいだろうか。明るいお日様の下で見る車は、眩しく光って見えた。

須賀原さんが助手席のドアを開けてくれた。私が「お邪魔します」と言って乗り込むと、「背もたれきついなら、倒していいからね」と気遣ってくれる。助手席のドリンクホルダーには、私にとペットボトルのお茶まで用意されていた。

須賀原さんが運転席に座り、キーを回すと、車は滑らかに走り出した。

「車、中古だって言ってましたけど、中も綺麗ですね」

車内は整頓されていて、私の好きなシトラス系の香りがした。

「そう？　ありがとう。でも、今日は特別かな」

「え？」

「昨日はゴルフで遅くなっちゃったから、今朝、ちょっと早起きして、片づけてきたんだ」

埃(ほこり)一つないところを見ると、片づけた以上に綺麗にしてきたのだろう。窓にも一点の曇りもなかった。〝ちょっと〟どころではなく、〝だいぶ〟早起きしたはずだ。

「わ、わざわざすみません……」

仕事前の忙しい時間に、私のためにここまでしてくれたと思うと、心が揺さぶられる。須賀原さんの想いが、私の心を激しくノックする。

「ねぇ、胡桃ちゃん」

「え、はい……」

　気がつくと、車は赤信号で停車していた。

「音楽、変える？」

「え、あ、大丈夫です」

　緊張していて、曲が流れていることにすら気づいていなかった。それは、今流行りの女性アーティストの曲だった。

「この歌手、お好きなんですか？」

　正直、須賀原さんのイメージと合わない気がした。すると「胡桃ちゃんは？」と、逆に質問を返された。

「え、まぁ……」

「……失敗したな」

「えっ？」

「胡桃ちゃんに合わせようとカッコつけたんだ。じつはこれ、妹ので、俺も今日初めて聴くんだ」

　照れくさそうに頭を掻く姿が、なんだか可愛くて、噴き出してしまった。

「胡桃ちゃん……」

「ご、ごめんなさい」

須賀原さんは初め困ったような顔をしていたが、私の笑いが止まらないのを見て、一緒になって笑い出した。

「いや、さあ、初めて飲んだとき、実年齢より年上に見られたからね」

「え、あ……気にされていたんですね」

「うん。まあ、そうなのかな。胡桃ちゃんはどんな音楽が好き？　もっと、胡桃ちゃんのことを知りたい」

「え、あぁ……はい」

よくよく考えてみると、私たちはお互いのことをあまり知らない。好きになれるかどうかはわからないけれど、もっと話をして、須賀原さんのことを知る必要はあると思った。

私たちは植物園に着くまでの間、好きな食べ物や映画、学生時代にどんな毎日を送ってきたかなど、思いつくままに尋ね合った。

植物園には、一時間足らずで到着した。平日のためか駐車場は空いていて、人の姿も多くなかった。

思っていた以上に大きな植物園で、三つのガラスのドームを重ねたような巨大な温室を前に胸が弾んだ。須賀原さんに手を引かれ、顔の火照りを感じながら、私はドームへ足を踏み入れる。

熱帯植物園ということで、常夏のような気温とまとわりつくような湿気を想像していたけれど、そこまでひどくなかった。むしろ、須賀原さんに繋がれた手のほうが熱いと感じるくらいだった。

色鮮やかな花や面白い植物がたくさんあって、須賀原さんはひっきりなしに「これ何？」と私に話しかけてきた。私も知らないものについては、一緒に解説を読んだり、ネットで調べたりしながら進んでいった。

そんな中、須賀原さんがハナキリンの赤い花を前に足を止めた。

「ねぇ胡桃ちゃん、これ可愛いね」

「ハナキリンっていうんですよ」

「ハナキリン？　本当だ。そう書いてある。すごい名前だね」

「動物みたいで面白いですよね」

昔、私も初めて名前を目にしたときは、二度見した記憶がある。興味津々の様子で、須賀原さんがハナキリンの解説を読んでいるので、私は一つ知識を披露した。

「ハナキリンには、花の形が突き出した唇に似ていることにちなんで、〝Kiss me quick〟という別名もあるんですよ。ほら、赤い花が上下に少し重なりあうようにしてついてません?」

「あぁ……たしかに」

「キスをねだっているように見えるからKiss me quick、〝早くキスして〟といわれているそうですよ」

「へぇ……」

須賀原さんは腰を屈めてまじまじとハナキリンを見つめ、そっと花に触れた。私も同じように、花に顔を近づけ観察する。

「可愛いですよね。花がおねだりなんて」

「そうだね……」

すると、須賀原さんが真剣な表情で私を見つめた。不思議に思っていると、急に彼の顔が視界いっぱいに広がり、私の唇に熱いものが触れた。そして、その熱は一瞬で離れていった。

「す、すが……えっ……!」

私は跳ねるように直立の姿勢になり、手で唇を覆った。

「ごめん……何もしない予定だったんだけど、あまりに胡桃ちゃんが可愛くて……」

驚きと戸惑いで、心臓が大きく脈打ち、声を出せない。須賀原さんは私の手を強く握って、もう一度「ごめんね」と言った。

しかし、私の頭の中は、〝なんで？　どうして？〟という疑問でいっぱいだった。私はハナキリンの説明をしているだけだった。須賀原さんに対して〝Kiss me quick〟と言ったわけではない。

ここは一度、牽制しておくべきだろうか。そう考えているうちに、後ろからほかの来園者が近づいてきたため、須賀原さんに手を引かれるまま先に進んだ。

さすがに須賀原さんも気まずいのか、しばらく無言だった。何をきっかけに、また話し始めたのか忘れてしまったけれど、それからは気もそぞろで、植物よりも須賀原さんの様子をうかがっていた時間のほうが長かった気がする。

閉園の一時間前となる五時頃、植物園を出た。外の風を吸い込むと、少し気持ちが落ち着いた。

「楽しかった？」

「はい……」

「それならよかった。俺も楽しかった」

じつのところ、私のほうは後半楽しむどころではなかったけれど、須賀原さんは本当に楽しそうな笑顔を見せた。

駐車場まで戻ると、須賀原さんが「ちょっと早いけど、夕食でもどう？」と尋ねる。

まだそれほどお腹は空いていなかったけれど、「軽めのものなら」と答えた。

向かったのはオーガニックカフェだった。夕食の時間帯にはまだ早いため、客の入りはまばらだった。

頼む品を決めた頃、店員が水を運んできた。注文を伝える須賀原さんの唇にふと目がいき、胸が騒がしくなる。注文を終えると、私より少し薄くて、自然な赤色をした唇がグラスに触れた。喉仏がかすかに上下し、グラスが離れた後の唇は少し濡れて艶やかだった。

そんな色っぽさを放つ唇に目を奪われていると、突然、須賀原さんが「さっきはごめん」と言って、小さく頭を下げた。

「えっ、あ……」

「軽率な行動だったって、すごく反省してる。本当にごめん」

正直、キスのことをうやむやにされるのは嫌だった。でも、改めて蒸し返されると、それはそれで恥ずかしい。

返事に困っていると、「ただ、誤解しないで。俺は誰にでもキスするわけじゃないから」と、真剣な眼差しを私に向けた。私は唇を結び、須賀原さんを上目遣いに見つめた。

「も、もういいです……。大丈夫です」

先に目をそらしたのは私だった。謝られている側なのに、自分のほうが隠れてしまいたい。

「許してくれてありがとう。次は、不意打ちはしないから」

〝次〟のひと言で、体温が急上昇する。この話はもう終わりにしたい。

そう願ったところで、タイミングよく、私の注文したサラダが運ばれてきた。

「遠慮なく、先に食べてね。俺は食べるの早いから」

「いえ、そんな。せっかくなので、待ちます」

すると、須賀原さんが口元を緩めた。

「ありがとう。優しいね」

「優しいなんて……。普通のことです」

「そうかな……？」

須賀原さんは少し考えた素振り（そぶ）りを見せた後、「妹は待たないな」と笑った。

「それは須賀原さんの前だからじゃないですか？」

「いや、どうかな。そうでなくてもうちの親は放任主義だから、末っ子の妹はなおさらわがままだよ。きっと、胡桃ちゃんはご両親に厳しく育てられたんだね」

「え、あぁ……」

正直母親の話はしたくなかった。私は下唇を軽く噛んだ。

「胡桃ちゃん?」

「あ、いえ……」

須賀原さんが心配そうに私の顔をのぞく。私は正直に「父はともかく、須賀原さんのおっしゃるとおり、母は厳しいです」と話した。

「そう。だから、礼儀正しいんだ。お母さんも安心しているだろうね」

「いえ。私は少しも母が安心できるような娘ではありません。母の望むような大きな会社に勤めているわけでもないですし……」

なぜそんなことを言ってしまったのかはわからない。須賀原さんはきっと困っているに違いない。けれども、須賀原さんは穏やかな口調で言った。

「そんなことないよ。胡桃ちゃんはいい子だよ。それに花屋は人を喜ばせることができる素晴らしい仕事だよ。妹はもちろんだけど、俺と比べても、胡桃ちゃんのほうが何倍もしっかりしていると思う」

「そ、そんなことないですよ。須賀原さんはちゃんとしています。きっと、妹さんだって……あっ、すみません。私、なんか偉そうに……」

「どうして? 謝らなくていいよ。好きな子にちゃんとしてるって言われて、褒められるんだから嬉しいよ」

「須賀原さん……」

「まあ、〝ちゃんとした人〟って言われるより、〝好き〟って言われるほうがもっと嬉しいけど」

真っすぐな言葉に心を揺り動かされる。胸が締めつけられて息ができない。

「胡桃ちゃんといると、好きっていう言葉が自然とこぼれてしまう。でも、急かしているわけじゃないんだ。胡桃ちゃんの気持ちが向くのを、ゆっくり待ちたいと思ってる」

須賀原さんの瞳が私を捕らえる。気がつくと私は、「はい……」と、か細い声で返事をしていた。

料理が運ばれてきて、話はそこで終わりになった。救われた思いだったが、新たな問題が発生した。頼んだ和風パスタに私の大の苦手な梅肉が乗っていたのだ。思わず、パスタを前に私は固まった。

すると、須賀原さんはすぐに私の異変に気づき、「胡桃ちゃん、注文違った？」と尋ねる。

「いえ……」と答えたもの、パスタに手をつけられない。よく確認せずに頼んでしまったことを後悔する。

「胡桃ちゃん、俺のと交換しない？」

「えっ……」

「それ、美味しそうだし」

「で、でも……」

ありがたい提案だったけれど、須賀原さんは、私が梅肉が苦手なことに気づいて言ってくれているに違いない。

「ダメかな？　ホットサンドは嫌い？」

「いえ……」

「じゃあ、交換して」

須賀原さんはそう言うと、ホットサンドの載ったプレートを私へ差し出した。

「……本当にいいんですか？」

「俺が交換してって頼んだんだよ。胡桃ちゃんのもらうね」

なんて優しい人なんだろう。須賀原さんは「美味しそうだな。食べるね」と手を合わせると、麺をフォークに綺麗に巻きつけて口に運んだ。

「胡桃ちゃんも食べよう」

「ありがとうございます……。いただきます」

申し訳ない気持ちでいっぱいで、よく味がわからない。私はホットサンドを飲み込むと、もう一度謝った。

「本当にごめんなさい。私が梅を苦手なのがわかって、言ってくださったんですよね？」

　すると、須賀原さんは困ったような顔で笑った。

「何が嫌いなのかまではわからなかったけど、固まってたからね……。それに、胡桃ちゃんがちゃんと料理を選べなかったのは、俺のせいだから」

「えっ？」

「キスのせいで動揺してたんだよね？　こっちこそ、ごめんね」

「え、あ……」

「でも、これ本当に美味しいよ。そっちはどう？」

「あっ、はい、美味しいです。あの……須賀原さんも食べませんか？」

「いいの？」

　私はうなずくと、まだ手をつけてないホットサンドを須賀原さん側に向けて、皿を差し出した。

　けれど、須賀原さんは全部で四つあるホットサンドのうち、私がかじったホットサンドを口に入れた。

「本当だ。これも美味しいね」

　須賀原さんは食べにくいホットサンドも、綺麗に口に運ぶ。ふと、みなみの言った〝キスが上手そう〟という台詞を思い出し、胸が再び早鐘を打ち始める。

「あ、あの、こちらもどうですか？」

私は皿を反転させた。サンドイッチの種類は二つある。

「いいよ、胡桃ちゃん、食べなよ」

「いいえ、一つが大きいので二つで十分です。どちらでも好きなほうで構わないので、よかったら、ぜひ」

「じゃあ、胡桃のほうを半分もらおうか」

「胡桃⁉」

呼び捨てされたことに驚き、繰り返してしまった。きっと、私の目は大きく見開かれているに違いない。初めて〝胡桃ちゃん〟と呼ばれたときと同じくらい動揺している。

すると、須賀原さんは笑みを浮かべて「俺が言ったのは、こっち」と、パンを指差した。

「えっ、あ……」

パンの表面をよく見ると、胡桃が練り込まれている。勘違いに恥ずかしくなる。顔が赤くなるのがわかった。

「そうだ！　こんな話になったついでに、これから胡桃ちゃんのこと、〝胡桃〟って呼んでもいい？」

「えっと……」どうやら今の〝胡桃〟は私のことのようだ。

「ダメかな？　〝胡桃〟って呼んだほうが、俺のこと意識してもらえそうだから。職場では、〝胡桃〟って呼ばれてないよね？」

須賀原さんから呼び捨てにされるのは嫌ではない。ただ、それを了承するのが気恥ずかしくて、私は目を伏せてうなずいた。

「胡桃……」

顔を上げると、須賀原さんと視線がぶつかった。

「はい……」

「俺のことも名前で呼んでもらっていいかな？　名前、覚えてる？」

「優斗……さん……でしたよね？」口にするだけで、ドキドキする。

「〝さん〟はいらないよ。〝優斗〟でいい」

須賀原さんの視線が私を熱く捕らえる。

「で、でも、年上ですし……」

〝さん〟づけで呼ぶのもやっとなのに、呼び捨てになんてとてもできるわけがない。

「じゃあ、〝優斗君〟と〝優斗〟のどっちがいい？」

「え？」

「どっちかだよ」

やはり、須賀原さんは強引だ。

「二択なんて……」

「じゃあ、俺が決めていい？」

須賀原さんが意地悪く目を細める。私は慌てて「ダメです」と答えた。須賀原さんに選ばせたら、呼び捨てを推すに決まっている。

「じゃあ、胡桃ちゃんが決めてよ」

私はためらいながらも、「ゆ、優斗さんで……」と口にした。

「選択肢に〝さん〟は入ってないけど？」

私に顔を近づけて、片眉を上げる。

「優斗……君でいいですか？」

優斗君は嬉しそうに笑ってうなずいた。

「ねぇ、試しに呼んでみて」

「え？」

「ほら」

私は消え入りそうな声で、「優斗君」と声にした。すると、優斗君が「胡桃」と言うので、私は顔を真っ赤にしてうつむいた。

「胡桃の入ったほうを半分もらっていい？」

私の視界に骨ばった手が映り込んだかと思うと、ホットサンドの上で止まった。今の〝胡桃〟は私のことじゃない。

「どうぞ」

「ありがとう、胡桃」

優斗君はホットサンドを口にすると、今度は「胡桃入りも美味しい」と言った。きっと、わざとだ。あまり〝胡桃〟を連発してほしくない。優斗君の思惑どおり、ますます意識してしまいそうだった。


お店を出ると、帰途についた。ちょうど帰宅ラッシュの時間帯にぶつかってしまい、道は混雑していた。でも、優斗君は苛々（いらいら）するどころか、おかげで私と話ができると喜んでいた。

ときどき私が間違えて〝須賀原さん〟と言いかけると、即座に「〝優斗〟でしょ」と訂正された。

自宅が近づいた頃、私のスマホが鳴り、確認すると母からだった。優斗君は「出ていいよ」と言ってくれたけれど、取らずにいると、一度電話は切れて、また鳴り出したので、仕方なく私は電話に出た。

母は「胡桃、今どこにいるの？」と、少し怒り気味に言った。

「どこって……どうして？」

「今、胡桃のマンションの前にいるの」

「え？」

母が訪ねてくることなんて、今まで一度もなかった。嫌な気持ちが胸にわき起こる。

「胡桃ったら全然連絡くれないんだもの。胡桃が好きなオレンジ、たくさん持ってきたのよ」

「そんな、いいのに……」

「だってもう来ちゃったもの。もう帰ってくる？」

私はとっさに「お母さん、私、今日休みで、友達と旅行に来ているの。たぶん、泊まりになると思う」と、嘘をついた。

母が嫌いなわけではない。でも、どうしても会いたくなかった。

「友達って南田さん？」

私は隣に目を向けた。優斗君は運転に集中している。心の中でごめんなさいと言いながら、「そう。みなみと」と答えた。

母はみなみのことを信用している。実家に住んでいた頃も、みなみと出かけるときは、口うるさく言われなかった。

「今も南田さんと仲いいのね。どこに行ってるの？」

「そ、そんなに遠くに行ってない。今日は植物園とか回ったよ」

一度嘘をつくと、次々と嘘を重ねなければならない。心が痛いが、今さら訂正なんてできなかった。

「そうなの……。じゃあ、お母さんは、もう帰るわ。オレンジ、郵便受けに入れておくから」

「ありがとう……。ごめんなさい」

「いいわ。たまたま別の用があったついでに立ち寄っただけだから。また来るわ」

「うん。ごめんね」

私は電話を切った。母に対しても、優斗君に対しても、罪悪感でいっぱいだった。自分がひどく嫌な人間に思える。優斗君は気を遣ってくれているのか、何も言わない。

間もなく、行徳駅が近づいてきて、沈黙に耐えかねた私は、自分から口を開いた。

「うちでお茶でも飲んでいきませんか？ ただ、あいにく紅茶もコーヒーも切らしているので、スーパーに寄ってもらいたいのですが……」

誘ったのは後ろめたさからだった。それにまだ近くに母がいないか心配だった。みなみと一緒にいると答えた手前、時間を稼いで、確実に会わないようにしたいという計算も頭の中で働いた。

「ほんと？」

「……はい」

「ぜひ、お邪魔させてもらうよ」

いつも買い物するスーパーに寄った。優斗君はカートにカゴを載せ、押してくれた。いつもならカゴを手に持ちながらの買い物なのに、手ぶらでいるだけで自由になった気がして嬉しい。一人が二人に増えただけなのに、日常の些細なことも、景色を変える。

ただ困ったのは、私が「これ、美味しいんですよね」と口にしたものを、優斗君は「ごちそうする」と言って、次々とカゴに入れていくこと。うかつに発言しないように注意しながら、売り場を回った。

買い物に夢中になっていたため、一瞬、母のことを忘れていたが、果物売り場でオレンジが積み重なっているのが目に入り、思わず足を止めてしまった。

「胡桃?」優斗君が心配そうに声をかける。

「……」

「苺でも買っていこうか」

優斗君はオレンジの横の苺を薦めてくれたけれど、きっと何か感じたはずだ。なんだかたまらなくなり、少しだけ視界がぼやけた。

買い物を終えると、私のマンションに向かった。コインパーキングに車を駐め、郵便受けを見ると、中に押しこまれるように紙袋が入っていた。

紙袋の上部からはたくさんのオレンジが見えた。手に取ると、すごくすごく重たい。母はこれを持って歩いて来たのだと思うと、目の奥が熱くなる。

オートロックを解除し、五階へ上がった。優斗君に気づかれないように、明るく「どうぞ」とドアを開けて中に招く。

「お邪魔します。なんか、緊張するな……」

「狭いし、散らかっていって、緊張するほどの部屋じゃないです」

「いや、そうじゃなくて、胡桃の部屋だから」

笑ってごまかしたけれど、そんなふうに言われると、私のほうが緊張してしまう。

母が置いていった紙袋をカウンターテーブルに置く。優斗君が「いい匂いがするね」と、買い物した袋を私に手渡しながら言った。

「アロマ液の香りです」

「カレンデュラだっけ？」

「いえ、これはジャスミンです」

優斗君は私が先日買ったアロマ液の名前を覚えていた。でも、あの後、店長に失恋して、すぐ香りを変えたのだけれど、そこまでは説明しなかった。

「そうなんだ。なんか胡桃の部屋らしいね、花がたくさんある」

「え？　あぁ、言われてみれば……」

生花は飾ってないものの、たしかに雑貨は花柄が多いかもしれない。

「落ち着かないですか？」

「いや、女の子らしくて可愛いよ」

私が「ありがとうございます」と言ったとき、母の置いていった紙袋が倒れ、オレンジがキッチンにいくつか転がった。

倒れた紙袋を立てようとすると、底にタッパーが入っていることに気がついた。

ゆっくりと取り出して、中を開けてみると、私の好きな唐揚げが入っていた。

こんなことをされるのは初めてだ。今日は泊まりになると伝えていたのに、唐揚げが入れてあったということは、嘘がバレていたということになる。

「どうしよう……」

呟くと、優斗君と目が合った。きっと、私はすごくひどい顔をしているに違いない。

少しの間、見つめ合うと、優斗君は私からタッパーを奪い、テーブルに置いた。私の手が震えていて、落としそうだったからだ。

「……すみません」

「ううん」

彼は優しく笑う。でも、私の心の痛みはぬぐえない。

「私、就職してから、ずっと母を避けてきたんです」

「そう」

「母は私が花屋で働いているのを快く思ってなくて、就職のときもひどく反対されたし、いまだに転職を勧めてくるので敬遠してるんです。てっきり今日もそうだと思って、私……」

「それはつらいね。胡桃、頑張ってるのに」

それは、母に言われてみたい言葉だった。目の奥が一気に熱くなる。

「でも私、嘘までついて……。最悪……」

うつむいて、下唇を噛みしめる。

「嘘は俺だってつくよ」と優斗君は慰めてくれたけれど、堪え切れずに涙が一粒頬を伝った。その痕が乾く間もなく、次から次へと流れ始める。泣いたら優斗君を困らせるとわかっているのに止められない。

「胡桃……」

顔を両手で覆うと、優斗君に抱き寄せられた。普段なら跳ねのけたと思うけれど、私は彼の胸にもたれかかった。

母に認められない悔しさと、自分の幼稚さが嫌になる。それでも〝私だって頑張っているのに〟という思いが溢れる。

優斗君の腕の中で、「ごめんなさい……」と呟くと、私は顔を覆っていた手を離し、彼のTシャツをギュッとつかんだ。胸に顔を埋めた私の背中を、彼はただ優しく撫でてくれた。

優斗君に弱い部分を見せたのは、これで二度目だ。どうして私のつらいときにいつもそばにいるのが彼なのだろう。

涙が落ち着くと、優斗君は私の濡れた頬を手でぬぐった。マスカラが取れて、ひどいことになっているはずだ。

「すみません。Tシャツ、濡らしちゃって……」

私が謝ると、優斗君は「ううん。慰めるのが俺で嬉しいよ」と言って、優しく微笑んでくれた。

少し気持ちが落ち着くと、私は洗面所に向かい、顔を洗った。

リビングに戻ると、オレンジを切って紅茶を入れた。お茶には合わないけれど、せっかくだから母の作った唐揚げも出した。ひと口食べると、母の懐かしい味が広がり、また胸が切なくなった。

二杯目の紅茶を飲み終えた頃、優斗君が「そろそろ帰るね」と立ち上がった。「はい……」と返事をしたものの、本当は心細くて一人になりたくなかった。

その気持ちが顔に表れていたのだろうか。優斗君が「大丈夫？」と言って、私の顔をのぞき込むと、「俺の家に来る?」と囁いた。

すぐに返事ができなかった。頭ではそこまで甘えてはいけないと思いつつ、気持ちでは甘えたかった。すると、「明日も出かけるし、一緒にいたほうが行動しやすいよね。おいで」と、優斗君は座っている私に手を差し出した。私は頭をゆっくりと縦に振ると、素直にその手をつかんだ。

車が夜の街を走り抜けていく。

慌ただしく泊まる準備をしているときは感じなかったけれど、車に乗り込んで、静かな空間に二人だけになった途端、泊まりに行くことを強く意識して、緊張の高まりを覚えた。

こっそりと優斗君の横顔を盗み見ると、いつもどおりの様子で前を見ていた。顎から耳にかけてのラインが綺麗で、夜の暗い車内でも、彼の顔立ちのよさがはっきりとわかった。もし触れたら、私とは肌触りもまったく違うのだろうか……。

ふと見つめすぎていることに気がつき、慌てて夜の街が流れる窓の外へ視線を移した。けれども窓にも、夜の景色と一緒に優斗君の横顔が映り込んでいて、到着するまでずっと見つめていた。

彼の部屋に上がると、ソファにスーツが置かれたままになっているのが、真っ先に目に留まった。優斗君は恥ずかしそうにして、すぐハンガーに掛けたけれど、私は急いで迎えに来てくれたことがわかって、内心嬉しかった。

　お風呂がわくと、先に入るように勧めてくれる。湯船には香りのよい入浴剤を入れてくれていて、さっきまで感じていた心細さが溶けていくようだった。心地よい温度とも相まって、つい長湯をしてしまった。

　お風呂から上がると、優斗君は「ゆっくり浸かれた？」とねぎらってくれた。そして、「胡桃、顔が赤い」と言って、私の頬にそっと触れ、私は無言で優斗君を見つめる。すると、彼の顔がゆっくりと近づいてきた。

「……嫌なら、避けて」

　意味はすぐ理解できた。でも、私は唇が触れるのを許した。

すぐに唇は離れ、優斗君が私の瞳を見つめる。「唇も熱い……」という声が聞こえたかと思うと、もう一度、今度は少し長く唇が重なった。

「いい匂いがする」

　私は下唇をわずかに噛んで、優斗君を見つめた。顔が火照って、めまいを起こしそうだった。

「胡桃、可愛い」

　そう言って、優斗君は私を優しく抱きしめると、「好きだよ」と耳元で囁いた。そして、頭の上にキスを一つ落とし、それから二つ、三つとキスの雨を降らせた。身体の熱の激しさで、立っていられなくなりそうだ。これ以上求められたら、跳ねのける自信はなかった。

けれども、優斗君は最後に私を強く抱きしめると、「俺も風呂に入ってくるね」と言って私から離れた。

優斗君が浴室へ姿を消すと、私はその場にしゃがみ込んだ。拒むことはできたのに、拒まなかった自分に驚いた。彼に惹かれているのだろうか……。自分でもよくわからなかった。

気持ちがはっきりしないうちに、優斗君がお風呂から上がってきてしまい、このまま流されてしまうのを心配したけれど、その日、再び唇を重ねることはなかった。

優斗君は紳士的で、初めて泊まったときと同じように、寝るのも別々だった。

翌日は雨だったので、ライラックの花見は次回に持ち越して、午前中は部屋で過ごし、午後からランチを取りがてら、近所の神社にお参りにいくことになった。

傘が一本しかなかったため、二人で肩を寄せ合い、十分ほど歩く。到着した神社は大きくはなかったけれど、立派な桜の木が何本も立っていた。開花時期を過ぎた今だけに、少し残念に思った。

赤い鳥居に足を踏み入れると、「神社は去年、千葉の実家で初詣に行って以来だな」と、優斗君が言った。

「私はもうずっと行っていません。働いてから、お正月は実家にも帰っていないんです。親不孝者なんです。一人っ子なのに……」

するとと、優斗君が足を止めた。

「そうかな。胡桃は親に甘えるわけでもなく、一生懸命働いて、自分の力でちゃんと生活できてるんだから、親不孝だなんて俺は思わないいけど。胡桃のお母さんもちゃんとわかってると思うよ。親子なんだから、きっとわかり合えるときが来るよ」

そう言って、傘を持っていないほうの手で私の頭に触れると、何度か子供をあやすように弾ませた。優斗君の言葉と手の温もりが胸に染みる。

お参りを済ませた後、近くのカフェで、お茶を兼ねてランチをした。ゆっくりしすぎてしまい、優斗君の部屋へ戻ったのは、空が赤く染まる頃だった。

私はすぐに帰り支度を始めた。「もう少しゆっくりしていけば？」と言ってくれたけれど、私は首を横に振った。

二日間、優斗君と、十分すぎるくらい一緒にいた。二人で過ごす時間は楽しくて、店長のこともほとんど思い出さなかった。それだけに、今夜は早く一人になって、自分の気持ちを整理したかった。

とはいうものの、いざマンションまで車で送ってもらうと、寂しくて後ろ髪を引かれる思いだった。

「あの、今日はありがとうございました」

わざわざ車を降りて見送ってくれる優斗君に、私は小さく頭を下げると、エントランスに向かった。すると「また、デートしてくれる?」と、私の背中から大きな声が聞こえた。

私は振り返ると、「……はい」と笑顔でうなずいた。昨日より私の心は確実に、彼に奪われていた。

第四章　ストックに秘められた絆

優斗君とデートに出かけてから、約一週間が過ぎた。あれからほぼ毎日、優斗君から電話やメッセージをもらってはいるけれど、ゴールデンウイークを前に仕事が立て込んでいるようで、直接顔を合わせることはなかった。

そんなある日、店長の彼女が来店した。店長が嬉しそうに彼女だと紹介してくれた。笑顔が可愛くて人柄もよさそうで、正直、かなわないと思った。

仕事が終わると、足早に駅へ向かう。早く一人になりたかった。動き出した電車の窓には、今にも泣き出しそうな自分の顔が映っていた。

行徳駅で降りると、雨が降り出していた。傘も買わず、濡れるがまま自宅まで歩いた。マンションに着いた頃には、グレーのカットソーは濡れて真っ黒になり、ジーンズは水分を吸い込みひどく重くなっていた。頭の先から靴の中までずぶ濡れで、こんな姿になったのは初めてのことだ。

部屋に入ると、崩れるように玄関にしゃがみ込んだ。彼女がいると耳にするのと、実際に彼女を目にするのは、まるで違った。胸は悲しみでいっぱいだった。

私は膝の上に顔をつけて、そのまましばらく泣いていた。

翌朝、起きると、身体が重たかった。寒気もして、風邪を引いたのは間違いなかった。それでも休むほどではないと思って出勤したけれど、お昼前にはさらに具合が悪くなり、私の顔色が悪いことに気づいた店長が、無理をせずに早退するよう言った。

ふらつく身体で帰宅すると、そのままベッドに倒れ込む。目を覚ますと、辺りは暗くなっていて、時計を見ると、夜の七時を過ぎていた。

喉がガラガラでひどく痛む。とりあえず、水を飲もうと身体を起こしたとき、インターホンが鳴った。重い身体を引きずるようにして、相手を確認しに行くと、そこに映っていたのは、驚くことに優斗君だった。

「風邪、引いたんだってね。大丈夫？」

「な、なんで……」

「お邪魔してもいいかな？」

私は「はい」とかすれた声で言った後、オートロックを解除した。間もなく部屋のチャイムが鳴る。私は玄関の扉をゆっくりと開けた。

「こんばんは。迷惑だったかな？」

私は首を横に振った。一人でいるのは心細いため、迷惑どころか正直嬉しかった。

「具合はどう？　顔、赤いね」

　優斗君は心配そうに私の顔をのぞきこむ。そして靴を脱ぐと、ふらつく私を支えながらリビングを進んでいき、ベッドに座らせた。

　私の額に優斗君が手を当てる。彼の手が冷たくて気持ちよく感じられた。それだけ、私の体温が上がっているのだろう。

「病院には行った？」

「いえ……」

「食事は？」

「……大丈夫です」

「食べてないってことだね。飲み物と、ゼリーとかヨーグルトなら買ってきたよ。あと飲まないほうがいいのかもしれないけど、薬も……」

　ありがたかった。どうやら営業先から会社に戻るとき、お店の前で治人さんに会い、私のことを聞いたらしい。

「それにしてもつらそうだね。ゼリーでも食べる？」

　私がうなずくと、「どれがいい？」と言ってゼリーをいくつも並べた。こんなに買ってくるなんて、優斗君らしい優しさだと思う。

　私がオレンジ味を選ぶと蓋を開けて、スプーンと一緒に渡してくれた。口内に冷たい甘さが広がり気持ちいい半面、飲み込もうとすると、顔をしかめるほど喉が痛い。

「喉、痛そうだね。一応、風邪薬を持ってきたけど、救急病院に行く？」

私は動きたくなかったため、首を横に振った。

「じゃあ、少し様子を見ようか。とりあえず、熱を測ってみて。あと、水分は取らなきゃね」

幸い体温は三十七度台だった。よく眠れるように市販薬を飲み横になる。冷却シートまで用意してくれていて、額に貼ってくれた。

「つらいよね。可哀想に……。俺が代わってあげられたらいいのに……」

あまり優しい台詞を投げられると困る。体力が落ちている今、心まで落ちてしまいそうだ。

優斗君は子供にするように、トントンと私の肩を叩き始めた。それが心地よくて、素直に甘えることにした。

「起きても……いますか？」

「いるよ」

優斗君の優しい笑みを見て、私は瞳を閉じた。

目を覚ますと、すでに窓の外は明るくなっていた。頭も身体も軽くなっていて、どうやら熱は下がったようだ。

店長からは、今日も仕事は休んでいいと言われていたので、私はゆっくりとベッドから抜け出した。

「優斗君……」

優斗君の名を呟いてみたけれど、小さな部屋なので、いないことはわかっていた。時計を見ると、朝の七時半。仕事に出かけたのだろう。

ソファの前のローテーブルには、優斗君からの置き手紙があった。

『ごめんね、約束守れなくて。体調は大丈夫かな？　鍋に卵粥が入ってるから、食べられそうなら食べてね。初めて作ってみたけど、調べて作ったから、そこまでまずくはないと思うけど……。水分取るんだよ。また昼に来ます』

男性にしては綺麗で読みやすい文字だった。

私はキッチンへ行き、鍋の蓋を開けた。食欲を誘ういい香りを漂わせている。まだ温かいところを見ると、出ていってから、さほど時間は経っていないらしい。

また昼に来るとは、まさか休憩中に来るのだろうか。だとしたら、申し訳なさすぎる。今すぐ電話して大丈夫だからと伝えたいけれど、たぶん電車で移動中だろう。

ふと気づくと、鍋の隣には、キッチンペーパーの上に、器とれんげまで用意されていた。れんげを手に取ってお粥を掬うと、行儀が悪いけれど、立ったまま口に運んだ。

「美味しい……」

ほのかな出汁と醤油の風味がして、優しい味がした。口の中に広がる優しさが、胸まで届くようだった。

気が重かったけれど、店長が出社する頃を見計らって、お店に電話を入れる。すぐ店長が出て、「今日は予約も多くないから、ゆっくり休んで」と言ってくれた。お礼を言うと、切なさが押し寄せる前に、私は電話を切った。

昼になると、優斗君は本当にやってきた。グレーのスーツ姿で、仕事中であることがひと目でわかる。朝、いったん自宅に戻ったのか、それともどこかで買ったのか、シャツには皺一つなかった。パジャマ姿の自分が恥ずかしくなる。

「具合どう？　大丈夫？」

「はい。熱も下がりました。あの、お粥ありがとうございました。いただきました」

「そう。食べられたんだ。よかった」

優斗君はホッとしたのか、表情を緩ませた。

「美味しかったです。たくさん食べてしまいました」

「俺の腕というより、レシピのおかげだな。あっ、リンゴも買ってきたよ。食べる？」

私がうなずくと、優斗君はスーツのジャケットをソファの背もたれに掛け、キッチンに立ち、リンゴの皮を剥き始めた。間もなく小さく切ったリンゴとフォークが運ばれてきた。

「美味しいです」

「よかった」

優斗君は笑顔を見せた後、真顔になって、「今朝はごめんね」と謝る。すぐに、〝起きたときにいる〟という約束のことだとわかった。

「いえ、私こそ、わがまま言ってしまって、ごめんなさい。そのせいで、朝、ギリギリまでここにいたんでしょ？」

優斗君は少し困った顔をした。

「本当は目が覚めるまでいたかったんだけどね」

「……ありがとうございます」

「また夜も寄るよ。いいかな？」

「えっ……」

「迷惑？」

優斗君の顔が寂しげに見えた。申し訳ないと思う一方で、そんな顔をされたら断りにくくなってしまう。

「迷惑じゃないですけど、もう大丈夫なので、無理しないでください」

しかし、優斗君は「心配だから、寄るよ」と言った。そして、私から視線を外すと、パン屋の紙袋を差し出した。

「ごめんね。今はあんまり時間がないんだ。少しだけど食べやすそうなものを買ってきたから、どれか食べられそうなら食べて」

もしかすると、優斗君も昼食はパンで済ませたのだろうか。きっと、お昼の休憩時間をめいっぱい利用して、来てくれているに違いない。

「ありがとうございます。本当にごめんなさい……」

「謝らないで、勝手に買ってきたんだから。ここのパン屋結構有名なんだよ。って、ごめんね、もう行かなきゃ」

「あっ、はい。ありがとうございました」

「何かあったら、電話して」

「はい……」

たぶん電話はせずに済むと思うけれど、その優しさが素直に嬉しかった。

優斗君は私の頭を撫でると、ジャケットと鞄を慌ただしく手にして、「またね」と言って出ていった。

玄関に残る彼の爽やかな香水の残り香が、私を少し寂しい気持ちにさせた。

夕方六時頃、優斗君が来るより先に、みなみがお見舞いにきてくれた。私は突然の訪問に驚きながら、部屋に上がってもらった。

「須賀原さんから聞いたの。すごく心配してたけど大丈夫？」

「うん。もう熱も下がったから」

「そう、よかった。須賀原さん、まだ残業してるけど、今夜も来るんでしょ？」

「うん……そうかも……」

照れて曖昧な返事になってしまい、みなみは笑った。

ちょうどそのとき、スマホに店長からメッセージが届いた。私の体調を尋ねるものだったけれど、会いにきてくれた優斗君との気持ちの温度差を痛感してしまう。

店長にとっての私は、その程度の存在ということなのだろう。

「店長から連絡が来たりするんだね」

「連絡っていっても仕事のことばかりだよ。プライベートなことはまったく」

「へぇー。胡桃はまだ店長のこと、好きなの？」

「うん、たぶん……。一昨日、店長の彼女を見てすごくショックだったから」

「じゃあ、須賀原さんのことは？」

「すごくいい人だとは思ってる。穏やかだし、困るくらい優しいし……」

「いい人かぁ……」

本当は〝いい人〟では済まないくらい、私の心に入り込んでいると思う。でもまだ、好きだという確信は持てていない。店長に失恋した寂しさを、優斗君で埋めているだけのような気もするからだ。

「ねぇ、胡桃。須賀原さん、今すごく忙しいんだよ」

「そうなの？」

「うん。医師たちが集まる学会が五月の中旬にあるんだけど、須賀原さんはその進行役を任されているの。その準備で先週はほとんど残業だったし、今日も残業してるのは、そのせい」

「そうなんだ……」

たしかに慌ただしくしているようには感じていた。

「でも須賀原さん、その忙しいさなか、胡桃のために時間を割いて駆けつけてくれてるんだよね。いい人って言うけど、それ以上だと思うよ。そんな人、めったにいないよ」

みなみの言うことはもっともだと思う。

「それに須賀原さんのこと、私もいいなって思ってたけど、ほかに本気で狙ってる人、たくさんいるよ」

　以前ならば気にならなかったけれど、今は胸がズキズキと痛む。〝本気〟という言葉が不安を増長させる。

「イケメンで性格よしの男が、彼女なし独身ってなかなかないもん。みんな狙いたいのよ。だからあんまり待たせすぎちゃうと、横から奪われちゃうよ」

　たしかに、いつまでも優斗君が私を好きでいるとは、限らない。急スピードで想いを寄せてくれているぶん、熱が冷めるのも速いかもしれない。自分の態度が曖昧なのにもかかわらず、離れられるのは嫌だった。つくづく私は身勝手だと思う。

　みなみが帰ってから一時間ほど過ぎた九時頃、優斗君が姿を現した。玄関に迎えに出た私に、「身体が冷える前に」と言って、私をベッドに座らせた。

　優斗君は残業で疲れているはずなのに、そうした様子は一切感じさせず、いつものように優しい笑みを私に向ける。〝そんな人、めったにいないよ〟というみなみの言葉が耳の奥で響く。

　気がつくと、私は衝動的に「一昨日、店長の彼女がお店に来たんです」と打ち明けていた。

　優斗君は一瞬言葉に詰まり、かすかに顔を強張らせた。

「そうなんだ。悲しかったよね」

「はい……」

沈黙が流れる。私は意を決して告げた。

「私、やっぱりまだ店長が好きみたいです。こんなによくしてもらっているのに、ごめんなさい……」

優斗君の顔が切なく歪んだため、私は目を伏せた。こんなに親しくなるべきでなかった。心が痛い。

「俺のほうが彼より胡桃を好きでも？」

「ごめんなさい。でも、優斗君のことも……」

〝気になる〟と、無意識に言いそうになり、慌てての み込んだ。自分の優柔不断さに嫌気がさす。瞳から涙が一粒こぼれた。

「胡桃、謝らないで。今は俺を都合よく利用してもらって構わない」

優斗君はそう言うと、私を胸に抱き寄せた。爽やかな柑橘系の香りに包まれる。

「俺は胡桃が好きだよ。こんなに人を好きになったのは初めてなんだ……。だから、まだフラないで」

優斗君がきつく私を抱きしめる。

私はズルい女なのかもしれない。今、断ったくせに、彼のシャツをぎゅっと握りしめる。私の〝好き〟は店長にある。それでも今は、この温もりが心地よくて、手離したくなかった。

優斗君が私の耳元に唇を寄せて、「胡桃」と名前を呼ぶ。私はゆっくりと顔を上げた。至近距離で見つめ合い、これまでにないほど胸が高鳴る。熱い視線を注がれ、思わず瞳を閉じた。間もなく唇が重なった。キスが落ちてくるのを察知していたのに、私は拒否せずに受け入れていた。

キスは短いものだったけれど、唇が離れてからしばらく胸の高鳴りは続いた。優斗君に嫌われて終わりにするつもりだったのに、キスまでしてしまった。これからどうすればいいのだろう……。私の心は揺れていた。


風邪が治ってから二週間が経つ。あれから優斗君とは会っていなかった。

間にゴールデンウイークがあったけれど、花屋は母の日を前にした書き入れ時のため、むしろ忙しく、優斗君は例の学会の準備に追われていて、食事すら行ける状況ではなかった。それでも、電話やメッセージのやり取りはほぼ毎日していた。

母の日を過ぎると、私はお休みをもらい、優斗君より一足早くひと息つくことができた。お休みの日、私は優斗君に手作りのお弁当を届けることにした。風邪のときのお礼がまだなのと、前日にみなみと電話で話したとき、「須賀原さん、今晩も泊まりみたいよ。満足に食事もしてないみたいだから、お弁当でも差し入れしてあげたら？」と言われたからだ。

ルーナレナ製薬のビルの前に到着したのは、お昼の十二時前。来たのはいいが、どうやって渡すか迷っていた。できれば目立ちたくないし、仕事の邪魔もしたくない。

道の端で立ち尽くしていると、後ろから肩を叩かれた。振り向くと、そこにいたのは田辺さんだった。

「深田さん……だったよね？」

「はい、そうです。こんにちは」

「どうかした？　須賀原？」

田辺さんの目が思い切り弁当の入った紙袋を見つめている。

「は、はい……」

「そう。たぶん須賀原、中にいるよ。呼ぼうか？」

田辺さんはからかうようなこともなく、淡々と聞いてくる。田辺さんの登場により少し気持ちが楽になった私は首を振り、紙袋を差し出した。

「あの、もしご迷惑でなければ、これをゆう……須賀原さんに渡してもらえませんか？」

「呼べばすぐに降りてくると思うけど」

「いえ、お願いできませんか」

「わかった、いいよ」

田辺さんは私から弁当を受け取ると、ビルに姿を消した。無事渡すことができて、ホッとする一方で、無意識に「会いたかったな……」と呟いていた。

少し心残りで、しばらくその場でビルを見上げた後、ゆっくりと駅に向かって歩き出す。すると、後ろから「胡桃！」と呼ばれた。振り向くと、優斗君がこちらへ駆けてくる姿が目に映った。

優斗君はすぐに私に追いつき、「よかった。まだ近くで」と、息を切らしながら言った。それから両膝に両手を置いて前屈みになり、息を整えると、すぐ姿勢を正した。

「お弁当ありがとう。嬉しかった」

爽やかな笑顔を向けられ、急に恥ずかしくなる。首を小さく振るが、会えた嬉しさを抑えられない。

「私こそ、お仕事の途中なのにわざわざ来ていただいて、すみません」

「そりゃ、来るよ」

さらりとした前髪をわずかにサイドに流す際、額にうっすらと汗をかいているのに気づいた。でも、少しも暑苦しく見えない。久しぶりに会っても、やはりカッコいい。

「本当にありがとう」

優斗君が顔を綻ばせるので、勇気を出して来てよかったと思った。

「美味しくなかったらすみません」

「ううん、きっと美味しいよ。今日はこのまま帰るの？」

「はい」

「そっかぁ……。じゃあ、来週デートしよう？　今週で今の忙しさから解放されるから」

「そうなんですか？」

「うん。土曜日の学会が終われば、代休が取れる。だから、火曜の休みの日でもいいし、ほかに休めるなら、その日でもいいから。都合のいい日がわかったら連絡して」

一瞬、彼の想いに応えられないと伝えた夜のことが頭によぎる。これ以上、距離を縮めていいのだろうか。

少し迷ったけれど、私は小さくうなずく。すると優斗君が嬉しそうに笑った。

「お仕事、頑張ってくださいね」

「うん、ありがとう。それじゃあ、連絡待ってるから。気をつけて帰ってね」

優斗君の見せる笑顔は眩しくて、私の曇った心まで明るく照らしてくれるようだった。

再び駅に向かって歩き始めると、みなみから電話がかかってきた。田辺さんから私が来ていた話を聞いたらしい。そのまま帰宅するつもりだったけれど、急きょ、近くのタイ料理のお店でランチを取ることにした。

「水くさいじゃないの。来たなら、声くらいかけてよ」

「ごめん。お弁当を渡すことで頭がいっぱいで……」

「もう！　だいたいお弁当を持ってく話は……あ、胡桃……」

みなみが突然声をひそめて、私に顔を近づけた。

「今、お店に入ってきた女性の二人組。ボブの方、隣の部署の岩切（いわきり）っていう先輩なんだけど、本気で須賀原さんを狙ってると思うの」

岩切さんは入り口近くの席に座り、メニューを見ながら、もう一人の女性と笑顔で話をしている。年が少し上のせいもあるかもしれないけれど、大人の女性の雰囲気を漂わせていた。服装も花屋で働いている私とは違い、スーツがよく似合っていた。背も高めで、優斗君の隣に立てば、彼女のほうがお似合いに思えた。

そんな勝手な想像を巡らせて、少し嫌な気分になる。これは嫉妬なのだろうか。

「胡桃、見すぎ」

「綺麗な人だね……」

頼りない声に、みなみが苦笑する。

「胡桃のほうが綺麗だよ」

私を励まそうとしてくれているのはわかったけれど、明らかにお世辞なこともわかって、何も言えない。

「それに、須賀原さんが好きなのは胡桃でしょ。禁煙するくらいなんだし……」

みなみから聞いた話では、優斗君が禁煙した理由は煙草を吸わない私のためらしい。その想いに胸が熱くなる。

たしかに、これまで熱烈にアプローチされている。今のところ、優斗君の心にいるのは、岩切さんではなく、私だと自惚れていいだろう。

「でも、今のところだよ……」

「岩切さんのことが気になるんだから、胡桃にとっても、やっぱり須賀原さんはただの〝いい人〟なだけじゃないんでしょ？」

「……うん」私は初めてみなみに認めた。

みなみと別れた後は、自分でもびっくりするくらい気持ちが沈んでいた。優斗君から『お弁当、すごく美味しかった』とメッセージが届いて、少し持ち直したけれど、心穏やかという感じにはなれなかった。

私は優斗君が好きなのだろうか。自分の気持ちに気がつくのが怖くて、店長を好きな気持ちにしがみついているだけのような気さえする。

信号が赤に変わり、横断歩道で足を止める。向かいの信号待ちにたくさんのＯＬの姿がある。普段は気にもしないのに、やけにはっきりと瞳が捕らえてしまうのは、岩切さんのことがあるからだろう。

昔、母から言われた。〝しっかりした会社に勤めなければ、いいところにお嫁にいけないのよ〟と。

母の言うことが正しいとは思っていない。でもなぜか、今の私はひどく惨めだ。優斗君に会ったら、この気持ちは吹き飛ぶだろうか。ついさっき別れたばかりだというのに、無性に優斗君に会いたかった。

信号が青になり、私は先ほどよりゆっくりと歩き出す。すれ違うＯＬたちをなるべく見ないように、うつむいて歩いた。

行く当てもない私は、そのまま真っすぐ家に戻った。


夜の十時頃、須賀原さんが電話をくれた。今日はもうかかってこないと思っていただけに余計に嬉しい。電話に出ると、耳慣れた穏やかな声が聞こえてくる。

「ごめんね。遅くに」

「いえ」

「ちゃんとお礼をしておきたくて。今日はわざわざお弁当を作ってくれて、本当にありがとう。すごく美味しかったよ。彩りが綺麗だったし、ウインナーが可愛かった」

お世辞でも心が弾む。初めて作った花形のウインナーは、ネットで調べて切り込んだ。難易度が高かったけれど、チャレンジしてよかったと思う。

「……よかったです」

照れて声が上ずる。きっと、気づかれたに違いない。

「一緒にいた上司に見られたから自慢しちゃったよ」

「えっ、やだ」

「褒めてたよ。卵焼きを奪われそうになって、必死で拒否したけど」

もう少しちゃんとしたものを入れればよかったと後悔する。

「また作ってほしいな」

「え、あ……自信はないですけど……よろしければ、はい」

「やったね、ありがとう。楽しみだな」

その声は本当に喜んでいるように聞こえた。優斗君が目を細めている様子が目に浮かぶ。

「あ、あの、今お仕事が終わったんですか?」

「うん。会社を出たところ。ほんと、ごめんね。遅い時間に。寝てなかった?」

「はい。大丈夫です」

正直なところ、ソファに転がり、優斗君の電話を待っていた。ぼんやりとテレビを観ていたが、意識はスマホにばかり向いていた。

「……胡桃、今から会いに行ってもいい？」

「えっ？」

思いもしない突然の申し出に、言葉に詰まってしまう。

「迷惑かな？　顔を見たら帰るから」

優斗君は焦ったように言葉を重ねたけれど、私の心は拒否していなかった。むしろ逆だ。

「はい……」

電話を切ってからの私は忙しかった。浴室の前に脱ぎっ放しにしていた服を洗濯機に放り込み、ラグマットの上にカーペットクリーナーを転がし、フローリングをお掃除ワイパーで拭いた。

インターホンが鳴ったのは、片づけが終わってすぐだった。オートロックを解除すると、間もなく部屋のチャイムが鳴り、少し照れくさそうにしながら、優斗君は部屋に上がった。

まだ夕食を食べていないというので、簡単にチャーハンを作った。優斗君は何度も「美味しい」と言いながら口に運んだ。

チャーハンを食べ終えた頃には、終電の時刻が近づいていた。

「そろそろ出ないと、ですね……」自分の声が心細く聞こえる。

「うん……」

「帰りますか？」

帰るのは当たり前のことなのに、なぜ、そんなふうに聞いてしまったのだろう。まるで否定してほしいみたいだ。

「……帰らなかったら、泊めてくれる？」

見つめ合ったまま、まるで時間が止まったかのように沈黙が流れる。その綺麗な瞳に吸い込まれそうになる。気がつくと、私は「はい」と答えていた。

「本気で言ってる？」

優斗君は紳士だ。断るチャンスを与えてくれている。でも、自分で聞いておきながら、今さら逃げるわけにはいかない。優斗君には二度泊めてもらっている。今度は私の番だと言い聞かせる。そして何より、私自身、帰ってほしくなかった。

「はい」私は小さくうなずく。

「じゃあ、本当に……終電逃しちゃうよ。知らないよ……」

私はもう一度うなずいた。膝の上に置いていた手を合わせ、強く握りしめる。どうして今日の私はこんなに優斗君を求めているのだろう。

少しの間、また無言で見つめ合う。引き留めておきながら、私の心はどうしようという思いでいっぱいだ。でも、もう時間も遅いうえに、明日はお互いに仕事もある。泊めると言ったのは私なのだから、しっかりしなければならない。

「お、お風呂……入られますよね？」

「ありがとう。借りていい？」

「もちろんです。あ、でも、着替えがないです……」

部屋に男性ものの服なんて一着もない。

「スーパーは閉まってる？」

「えっと、たしか二十四時間、開いているところがあります」

確か簡単な衣類くらいなら置いてあったはずだ。

「ちょっと、見てこようかな。どの辺り？」

「わ、私も行きましょうか？」

「いや、場所さえ教えてもらえれば、大丈夫。すぐ戻るから待ってて」

優斗君はすぐに部屋を出ていった。

「どうしよう……」

一人になると、急に落ち着かなくなる。初めは檻の中の動物のように、ぐるぐると部屋の中を歩いていたけれど、途中でお風呂を入れ忘れていることに気がつき、すぐに給湯のボタンを押した。

お湯がたまる間、食器と弁当箱を洗う。入浴剤を入れたところで、優斗君が買い物袋を提げて戻ってきた。

優斗君がお風呂に入ると、さらに気持ちが落ち着かなくなる。シャワーの音がやみ、ドライヤーをかける音が聞こえ始めると、緊張が最高潮に達した。口の渇きを癒すため、水をひと口含み、出てくるのを待った。

「お風呂ありがとう。気持ちよかったよ」

緊張で顔を強張らせる私とは対照的に、お風呂上がりの優斗君はさっぱりした顔をしていた。間に合わせのスウェット姿で決してお洒落とは言えない格好なのに、優斗君のカッコよさが勝っているせいか、全然おかしく見えない。

「よかったら、冷たいお茶でもどうぞ」

「ありがとう。いただくね」

グラスを取る際、優斗君の指が私の手にかすかに触れた。喉仏を上下させて、お茶を飲む姿に魅せられる。

飲み終えたグラスを口から離すと、「ごちそうさま」と言って、グラスを私に手渡す。まともに顔を向けられず、私は目を伏せたまま受け取った。

きっと優斗君は平常心なのだろう。声のトーンも、表情も、いつもどおりだ。

「も、もう寝なきゃ……ですよね」

時計の針は深夜一時半を指している。明日のためにも、そろそろ寝ないといけない。

「そうだね」

すると、優斗君の表情が少し変わった。こんなときこそ、普段どおりでいてほしいのに、表情の変化に私の心臓が大きな音を立てる。

「……ゆ、優斗君はベッドを使ってください」

「胡桃はどうするの？」

「私は……」

ソファに目をやると、優斗君は「一緒に寝よう。風邪引くよ」と優しく微笑んだ。私は目を合わせずに、うなずいた。

実際に寝てみると、ベッドが小さくて、簡単に優斗君の身体とぶつかる。私があまりにも壁側に寄るので、優斗君が「こっちにおいで」と腕を取った。そして、自分の胸に私を閉じ込めた。

ゆっくりと見上げると、優斗君の優しい瞳と視線が絡んだ。

「キスしていい？」

優斗君を見つめたまま、何も口にできずにいると、そっと唇が重ねられた。長く口づけられ、お互いの息が熱く混じり合う。私は瞳を閉じたまま、受け入れた。

すると、今度は唇を食(は)むようなキスが角度を変えて繰り返された。鼓動が胸を突き破りそうだけれど、心地よい。

「胡桃、好きだよ……」

キスの合間に優斗君が優しく囁く。彼から〝好き〟と聞くのは何度目だろう。今まででで一番熱を感じたのは、距離が近かったためだろうか。

この夜、キスから先に進むことはなかった。でも、私たちはまだ恋人同士でもないのに、啄むようなキスを何度も交わしてから眠った。

それからひと月ほど、時間があれば、二人で出かけ、当たり前のように手を繋ぎ、キスをする間柄になっていた。あの夜を境に一気にお互いの距離が縮まったような気がする。でも、二人の関係を説明する〝名〟はなかった。〝恋人〟ではない。ズルい私は答えを先延ばしにしていた。

そんなある日、優斗君に改めて告白をされた。

「胡桃をちゃんと彼女にしたい」

それは優斗君に初めて告白されたカフェレストランで食事をして、お店を出た後のことだった。これまでに何度も彼に〝好き〟だと伝えられてきたけれど、はっきりとそうした関係になることを求められたのは初めてだった。

二度も断ったのに、私のそばにいて大切にしてくれる彼の優しさに甘えて、私は今に違いない。

の曖昧（あいまい）な関係を続けてきた。でも、その間、優斗君はもっと確実なものがほしかった

優斗君は私を真っすぐ見つめて、もう一度「彼女になってください」と言った。

「本当に……大切にするから」

その声はまるで祈りのようで、切なさに胸が詰まる。私は胸元を無意識に両手で押さえた。

心の奥でまだ店長のことを想っている自分がいる。でも、岩切さんに嫉妬したように、優斗君のことも好きなのは錯覚ではないと思う。キスだってする仲になっているのだから、もう拒否はできない。

「胡桃、〝うん〟と言って……」

その声は少しも強引でなく、頼りないぐらいだ。だから、私は引き寄せられるように、頭を小さく縦に振った。

優斗君の瞳が大きく見開かれる。

「それって、ＯＫってこと？」

私がもう一度うなずくと、彼は「ありがとう。死ぬほど嬉しい……」と声を震わせた。その言葉に私の胸が震えた。

「大切にするね」

「よろしくお願いします」

「こちらこそ……」

優斗君が嬉しそうにはにかむ。なんだか可愛くて、くすぐったい気持ちになる。きっとこれでよかったのだと思う。

すると、優斗君は私の手を取ると、「少し寄り道しよう」と言って、駅とは反対方向に歩き出した。

「どこに行くんですか？」

「ん、内緒」

握っていた手の力を少し強めるだけで答えてくれなかった。

五分ほど歩くと、優斗君はあるお店の前で立ち止まった。来たのはジュエリーのセレクトショップだった。

「今日は付き合い始めた記念日になるから、何か胡桃に贈りたいんだ」

店内は狭くカジュアルで、ブランド物のジュエリーショップと違って、格好も気にせず、気軽に足を踏み入れることができた。

「記念日と言えば、アクセサリーかなぁって思ったんだけど、何か気に入ったものはありそう？」

「どうでしょう……」

陳列棚に並ぶアクセサリー類は、どれも可愛らしい。しかし、優斗君には、遊びや食事に行っても、いつも奢られてきているので、申し訳なさが先に立つ。そのせいもあって、なかなか候補を絞れない。

「胡桃はよくイヤリングを着けてるよね？」

「はい。お休みの日限定ですけど……」

優斗君は本当に私のことをよく見ていると思う。みなみから誕生日にもらったイヤリングが最近のお気に入りで、彼の前でも何度か着けていた。

「よく覚えてますね」

「大切な人のことだからね」

そういうことをさらっと言われてしまい、嬉しく思うと同時に赤面する。

「イヤリングがいいかな？　それともネックレスとか、指輪とかにする？」

「え、あ……」

「仕事ではアクセサリーをつけるのは禁止？」

「いえ、特に決まりはありません。でも、指輪は汚れてしまいそうなので、いつも避けてしまって、一つも持ってません」

仕事柄、手や爪が土や茎の緑で汚れてしまうため、指輪は避けてきた。

「可愛いんですけどね……」

私は目の前の陳列棚に並ぶ指輪を手に取ってみた。

それはゴールドのアームのもので、大切な人と絆を深めるサポートをするといわれるサードオニキスの黄色の小さな石が散りばめられていた。五つ並ぶ石の真ん中の一つはクローバーの形になっていて、縁起もよさそうに感じた。

たまたま手にしたものだが、サイズは薬指にピッタリだった。可愛らしくて、優斗君も似合うと言って薦めてくれたけれど、ブランドの指輪ほどではないが、それなりの値段はする。少なくとも、高給取りではない私からすれば、高価なものだった。

しかし、優斗君には気持ちを見抜かれているのだろう。「これにしよう。今度デートのときに着けてきてよ」と、ためらわずに買ってくれた。


翌週、ようやく約束のライラックを見に、葛西臨海公園に行った。盛りは過ぎていて、花の紫より、葉の緑のほうが目立っていた。それでも広がる緑はレースのようで、見ているだけで癒される。

ライラックは、花先が四つに切り込まれている四弁花であるのだが、稀(まれ)に五弁花のものがあり〝ラッキーライラック〟と呼ばれている。それを誰にも言わずに飲み込むと、愛する人と永遠に過ごせるという言い伝えがある。

さすがに口には入れなかったものの、残り少ない紫色の花から見つけることができたのは、とても運がよかったと思う。優斗君は写真を嬉しそうに撮って、私に送ってくれた。

公園は海沿いなので、帰りは海に寄った。防波堤まで手を繋ぎながら歩き、海を眺める。空が曇っているため、海水はグレーに映り、景色は煙って見える。それでも久しぶりに間近に海を見て感激した。潮風が頬に当たるのも、心地よかった。私の髪がなびくと、優斗君が優しく耳にかけてくれた。

目を細めて海を見つめる優斗君の横顔が素敵で、私は自然と彼の腕に身体を寄せた。

「風、少し強いけど、寒い？」

さらさらの砂浜に足を付けると足元が頼りなくて、優斗君の腕をしっかりとつかむ。私たちはゆっくりと、足元に海水がかからないくらいの位置まで進み、足を止めた。しばらくの間、二人とも無言のまま、ただ波の音を聞いていた。優斗君が動く気配がしたので見上げると、風で冷たくなった私の唇に、彼の温かな唇が重なった。そのキスはかすかに潮の味がした。

その日、私たちは海沿いのホテルに泊まった。窓から海を見渡すと、先ほどまで空を覆っていた雲は散り散りになっていて、その切れ間から射し込む光が水面（みなも）をダイヤモンドのように輝かせていた。

優斗君は私の背後から窓ガラスに両手をついて、私を包み込むように立つと、「綺麗だね」と耳元で囁いた。

優斗君の息が耳にかかり、私は小さく肩を震わす。「はい……」と答えた声は緊張でかすれていた。

「胡桃、こっち向いて」

振り向くと、優斗君の綺麗な顔が近づいてきて、私は目を閉じた。唇を塞がれ、しっとりとした彼の唇が私の唇を優しく食む。

優斗君は窓ガラスから手を離すと、私の身体を自分に向けさせて、優しく包んだ。キスが少しずつ深いものに変わる。まるで別の生き物のように動く彼の舌が私の口内に滑り込むと、私の身体は力を失った。

優斗君は崩れそうな私の身体を受け止め、ベッドに寝かせた。まだ窓の外は明るくて、射し込んだ光が私を照らす。恥ずかしくて、上から見下ろす彼の視線から、逃げるように思わず顔を背けた。

「怖い？」

尋ねられて、私はもう一度ゆっくりと優斗君を見上げる。セックスの経験はあるけれど、数は多くない。彼の優しい笑顔と気遣いに、思わずうなずきたくなる。

「怖いなら、やめるよ」

私がお願いしたら、きっと優斗君はやめるだろう。でも、ホテルに泊まることになったときから、覚悟はしていた。

私は首を横に振り、「怖くないです……」と消えそうな声で伝えると、ベッドに手をついている優斗君の腕にしがみついた。その重みでバランスを崩し、彼が私のすぐ横に倒れ込んだ。お互いの顔が接近する。

「胡桃、可愛い……」

優斗君はそう言うと、私の髪を愛しそうに手ですきながら、掬った髪にキスをした。心臓の音が聞こえるほど激しく胸を叩く。

「胡桃の髪、好きだな……柔らかい」

きっと潮でいつもよりごわついているはずなのに、優斗君は愛しそうに目を細める。そしてキスをした。

唇が離れると、「すごく……ドキドキします」とたまらず口にした。

「俺もだよ。でも、嬉しい。やっと胡桃を抱ける」

飾らない真っすぐな言葉に、私は恥ずかしさを隠すように下唇を噛みしめ、上目遣いに優斗君を見つめた。彼の瞳が深く色づいている。

すぐにまたキスをしかけられ、私は目を閉じた。

優斗君は「苦しかったら言ってね」と優しく言うと、私のトップスの裾から手を入れる。彼の手が素肌に触れると、反射的に身体がビクっと震えた。

「大丈夫？」

私がうなずくと、優斗君は胸元に手を伸ばした。私が身体を硬くすると、「心配しないで。痛くしないから」と言って、こめかみにキスをした。

「胡桃、好きだよ」

徐々に深まるキスに身体が火照る。優斗君は私の服を丁寧に脱がし、下着姿にさせると、彼も下着のみの姿になった。

「寒くない？」

「大丈夫です……」

「ほんと？　布団、被る？」

「あ、はい……」

寒くはなかったけれど、射し込む光から素肌を隠したかった。それに優斗君の素肌を直視することもできなかった。

「身体、少し起こすね」

彼は私の下にあるリネンの肌掛けを取るため、私の背に腕を差し込むと、身体を起こして膝の上に乗せた。素肌が触れ合い、一気に身体が熱を帯びる。

再び私を寝かせると、上から肌掛けをかけ、今度は「暑くない？　大丈夫？」と心配そうに尋ねる。優斗君の気遣いに、胸がいっぱいになる。私以上に私のことを大切にしてくれる。彼の想いが温かくて、泣きそうになる。

優斗君は私の身体にキスを落としながら、丁寧に愛撫していく。首筋に触れた唇は次第に下に降りてきて、私の胸元へと到達する。ブラジャーの上から優しく揉まれていたけれど、ホックを外され乳房を露わにさせられる。触れられることで反応していたその先端を口に含む。まるでキャンディーを舐めるかのようにその舌遣いは優しく、私は身体を震わせ、口からは甘い吐息が漏れてしまう。

恥ずかしくて、私は自分の唇を手の甲で塞いで、声を抑えた。でも、すぐその手を優斗君が引き離す。

「聞かせてよ、胡桃の声」

そう言って、引き離した手に自分の指を絡めた。そして、ベッドに押さえつけると、空いているほうの手で私の乳房をもてあそぶ。恥ずかしさと快感に顔を歪めると、私の唇に舌を侵入させ、舌と舌を絡められる。

「可愛い……」

私を見つめ、乳房へキスを繰り返しながら、右手は下半身へ移動し、ショーツを下ろす。恥ずかしいくらいに潤っている秘部を指で優しく撫でられ、一番敏感な蕾を攻め立てられる。

「あ……っ」

頭が白くなるくらいの快感が私を貫く。中から蜜はどんどん溢れ、耳を塞ぎたくなるくらいの生々しい水音が室内に響く。

「胡桃、すごく濡れてきたね……。可愛い」

「は、恥ずかしい……」

乳房と秘部を同時に攻められていた私の身体は、気がおかしくなるくらい敏感になっている。十分すぎるくらい私の身体を蕩けさせてから、優斗君が「胡桃……入れていい？」と耳元で囁いた。

小さくうなずくと、優斗君は下着を脱ぎ去ると、硬くなった熱いものに避妊具をつけ、私の中にゆっくりと沈めた。

久しぶりすぎて痛みを感じるかと思ったけれど、優斗君が溶かしてくれたおかげでスムーズに馴染んでいく。

優斗君は苦しそうに顔を歪ませながら、ゆっくりとした動作で腰を動かし始めた。

私はそれに応えるように、ベッドに投げ出していた手を彼の背中に回す。

「痛くない？」

私がうなずくと、唇が塞がれた。きっと、優斗君はもっと激しく動きたいはずなのに、私を気遣って優しいリズムで腰を打ちつける。

次第に激しくなってきた律動に身を委ね、優斗君の背中にしがみつく。彼と一つになった歓びが全身を駆け巡る。それと同時に、快感が私を満たした――。


「好きだ……」

「優斗君……」

「胡桃、好きだよ」


優斗君は絶頂を迎えた後、慈しむように私の髪を撫でてくれた。

「身体は平気？」

「はい……」

自分のすべてをさらけだしたようで、途端に恥ずかしくなり、肌掛けに顔を隠した。

「胡桃の髪、気持ちがいい。ほんと綺麗だよね……」

私の髪を緩やかに撫でる。撫でられる私も気持ちよくて目を細める。

「優斗君の髪のほうがサラサラですよ。王子様みたい」

自分で言った台詞に、恥ずかしくなる。でも、本当のことだ。

「じゃあ、胡桃はお姫様だね」

「や、やめてください……」

「それとも、いつも花に囲まれてるから花の妖精かな」

やはり余計なことを言ったと後悔する。そんなに可愛く例えられると、ますます恥ずかしくなって、肌掛けから顔を出せなくなる。

その様子を見て、優斗君が小さく笑う。

「胡桃は、何の花が一番好き？」

「……一番ですか？」

「どんな花束をもらったら嬉しい？」

頭に浮かんだものは一つ。それは、働き始めてからずっと好きなもの……。

「かすみ草だけのブーケです」

すると、優斗君は意外と言いたげな表情を見せて、小首を傾げた。

「かすみ草って、白くてふわふわした花だよね？」

「はい」

きっとピンときてないのだろう。それもそのはず、かすみ草は花束の脇役のイメージが強い。

しかし私は、かすみ草がとても素敵に変身することを知っている。

「かすみ草はまん丸くまとめて、ブーケにすると綿菓子みたいになるんです」

「綿菓子……なるほど」

どうやら彼の頭の中で、かすみ草のブーケが作られたみたいだ。

「私たちはそれを、〝cotton candy〟と呼ぶんです。ごくたまにですが、結婚式のブーケで注文が入るんですけど、すっごく可愛くて……」

私が初めてかすみ草のブーケを見たのは、まだアルバイトを始めたばかりのときで、〝私もこれで結婚式を挙げたい……〟と店長の前で、感激して祈りのポーズをしたことがある。

「へぇ、そうなんだ。胡桃は〝cotton candy〟が好きなんだね」

「はい。だからもし、自分が結婚式を挙げるときには、絶対、それがいいなって思ってるんです」

私の理想なので、つい熱く語ってしまった。でも、付き合い始めたばかりの優斗君に、結婚式の理想のブーケについて話すなんて、受け取られ方によっては、かなり〝イタい〟と思われるだろう。

「そうなんだ。素敵な夢だね」

「は、はい……」

優斗君の様子がいつもどおりなのでホッとする。それと同時に、〝素敵な夢〟と言ってくれたことを嬉しく思った。

身体を重ねてからというもの、優斗君と会う時間がぐんと増えた。

お店の定休日の前日となる月曜日は、私が優斗君の家へ泊まり、週末は彼が私の家に泊まりに来るのがお決まりになっていた。呼び方も〝優斗君〟から〝優君〟と少し砕けたものに変わった。

互いの部屋に、それぞれの私物が増えていくと、ますます恋人同士という実感がわいてくる。

私たちの関係が順調に進む中、七月の終わりに、店長が彼女と別れた。優斗君が心配するといけないと思い、話さなかったけれど、優斗君が私をお店に迎えに来たとき、店長が「仲がよくていいね。独り身にはうらやましいよ」と私たちに話しかけたため、すぐに知られてしまった。

でも、優斗君はそのことを特に話題にすることはなく、私への接し方が変わることもなかった。

ただ、店長のほうはそれ以来、やけに私の頭を撫でるようになった。昔は嬉しくて仕方なかったのに、今は複雑な心境だった。優斗君に相談するわけにもいかず、一人、胸に秘めていた。

ところが八月のお盆の前あたりから、優斗君の様子がどことなくおかしく感じた。ぼんやりと考え事をしていることが多くなり、話しかけても心ここにあらずといった様子がたびたびあった。私を抱くときは変わらず優しかったけれど、ふと目を開けたりした際に、彼が寂しげな表情を浮かべていることに気がついた。

もしかすると、店長のことを気にしているのではないかと思いつつ、数日が過ぎたときだった。泊まりの予定でない日に、優斗君から『今日、こっちに泊まれる？』と、仕事中にメッセージが届いた。特に用事もなかったので『大丈夫』と返信し、行きつけの洋食屋で夕飯を済ませてから、優斗君の部屋に向かった。

ソファでひと息つき、何かの話が途切れたとき、優斗君が思いつめた表情で「話がある」と切り出した。

「じつはなかなか言い出せなかったんだけど、転勤の辞令がお盆前に出たんだ」

「転勤……ですか？」

私は急な話に動揺を隠せなかった。Ｅｉｒｙなら転勤といっても、都内でお店を異動するだけだ。けれども、彼の勤める会社であれば、事業所まで含めたら異動先は全国規模だろう。

「十月一日からシンガポールに行くことになった」

「えっ……シンガポール……」

あまりの衝撃に言葉が出ない。国内でも関東、せいぜい名古屋、大阪あたりまでであってくれればと祈ったのに、まさか海外だとは思わなかった。それにしても、こんな急な話があるのだろうか。

「海外への転勤だと、普通、三カ月前には辞令が出るんだけれど、現在赴任中の社員が家庭の事情で突然退社することになったんだ。それで急きょ……」

最近、優斗君の様子がおかしかった理由がわかった。どうするか相当悩んでいたに違いない。

でも、聞かずにはいられなかった。

「行くんですか？」

「うん……」

「どうしても断れ――」

私はそこで口をつぐんだ。例え断れたとしても、優斗君の将来に大きな傷が残ることは明らかだった。これ以上、困らせてはいけない。

「大切なことなのに、すぐに言えなくてごめんね」

「……」

優秀だからこそ選ばれたはずだ。〝おめでとう〟と言ってあげたかった。でも、この胸の痛みを簡単に消すことはできない。彼の後ろ髪を引かないように、今は口を閉ざしていることで精いっぱいだった。

「もし……もしだけど、俺がついてきてって言ったら、胡桃は来てくれる？」

「えっ？　それは……」

突然すぎて、すぐに返事はできなかった。優斗君と付き合い始めて、まだ日が浅いし、仕事のこともあれば、両親のこともある。

もちろん、そのことは優斗君もわかっていると思う。でも、彼も私と同じように、胸の痛みを隠し切れずにいるのだろう。私の反応に、少し傷ついた顔をした。

「そうだよね。胡桃も仕事があるし、無理だよね……。意外とシンガポールは近いから、できるだけ帰ってくることにするよ」

優斗君はこんなときでも私を気遣って、いつも以上に明るく言った。

「……いつから行っちゃうんですか？」

十月一日からということは、いろいろ準備もあって、それより前に旅立つはず。

「たぶん九月の初旬になると思う」

「えっ……」

もうあと二、三週間しかない。頭の中が真っ白になる。

「……引き継ぎとかで少し忙しくなるから、会える時間が減るかもしれないけど、なるべく時間を作るよ。荷物をまとめるのは引っ越し業者に任せるつもりだから、これまでどおり、胡桃の休みの日は泊まりにおいで」

「……」

「ごめんね。驚かせて……」

優斗君は悪くない。でも、何も言えなかった。

その日は、付き合って初めてギクシャクした夜を過ごした。一緒にベッドに入っても、優斗君は私を背中から抱きしめるだけで、そんな雰囲気にはとてもならない。

それは私も同じで、背中に感じる温もりが悲しみを誘い、明け方近くまで声を押し殺して泣いていた。


翌朝、いつものように一緒に家を出た。初めのうち、優斗君は私を励ますように一生懸命話しかけてくれていたけれど、私がひと言、ふた言しか返すことができないため、そのうち、優斗君も口数が少なくなってしまった。

お店に出ても、目の前の作業に集中できずに、何度も花を切り間違えてしまった。

お昼頃、見かねた店長が「胡桃ちゃん、何かあった？」と心配そうに尋ねてきた。

「いえ……」

「もしかして、彼氏とケンカ？」

店長が彼の話を持ち出すのは珍しいことだ。

「いえ、ケンカとかならまだ……」

まだケンカならよかった。その程度のことなら店長に話すことはなかっただろう。

「僕でいいなら話を聞くよ」と優しい口調で言われ、つい口からこぼれてしまった。

「彼が遠くに転勤になったんです」

「……そうなの？」

店長にとっても驚きだったのか、目を見開いている。

「はい……」

「もしかして、ついてきてって言われたの？」

優斗君には〝もし〟という仮定の話としてされた。私の意思を尊重する優斗君らしい言い方だったと思う。普段はそういうところがありがたいし、好きだけど、その優しさが、今は私の心をひどく揺らしている。

私が黙ったままでいたら、突然店長に手を取られ後ずさった。でも、店長は強く握りしめたまま、手を離さない。

「店長……」

その手は、私がずっと繋ぎたいと憧れていた手だ。でも、今は触れられたくなかった。ずっと好きだった真剣な表情も、怖く感じるだけで身体が震える。

「行かないでよ」

「え……？」

「胡桃ちゃんは、僕が好きだったよね？」

まさか店長が私の気持ちに気づいていたとは思わなかった。

「また僕を好きになって……ずっと一緒にここで働いてほしい」

「な、何を言ってるんですか……」私の声が震える。

「ずっと僕は胡桃ちゃんの気持ちに気づかないふりをしてきたんだ。でも、彼ができて寂しくなった。焦ったよ。今さらだけど、胡桃ちゃんのことが好きだって、気づいたんだ」

今になって、ずっと好きだった店長から想いを伝えられるなんて……。どうしてこうも神様は意地悪なんだろう。

「もう、完全に僕は胡桃ちゃんの心にいないかな?」

そう店長が言ったとき、お店にお客さまが入ってきた。店長は私の手を離すと、私にしか聞こえない小さな声で、「僕は本気だよ」と言ってお客さまの元へ向かった。

優斗君のことで頭がいっぱいだったのに、まさか店長から告白されるなんて微塵も思っていなかった。突然押し寄せた大きな波に私の心はのみ込まれ、粉々になりそうだった。

店長が接客している間に、治人さんが出勤したので、その日、それ以上、店長と話になることはなかった。帰りも二人きりになることを避けるため、幸いにもその日閉店までシフトに入っていた留実ちゃんに、スイーツをごちそうするからと少し待っててもらい、片づけを済ませると一緒にお店を出た。

留実ちゃんとお茶した後、誰かに話を聞いてもらいたくて、みなみに電話をかけた。みなみは合コン中で、間もなく一次会がお開きになるところだという。私の声が頼りないため、二次会を蹴って、私の待つカフェに駆けつけてくれた。

みなみは私の前の席に座ると、まず一番に「須賀原さんのこと?」と聞く。

「うん……」

「そっか……。ついに話したのね」

転勤のことは同じ会社なので、知っていて当たり前だ。その言い方からして、優斗君が私に言えずにいることも、知っていたのだろう。

「ついてきてって言われた?」

「うん。そうはっきりじゃないけど、そうお願いしたらどうする? って……。でも、急すぎて何も答えられなかった」

「そうだよね、簡単じゃないもんね」

みなみの言うとおり、そう簡単に答えの出せることではない。どうしようもないことだと思いながら、言いようのない怒りがわいてくる。

どうして行っちゃうのだろう。なぜ彼なのだろう。あんなに大きな会社なんだから、ほかにいくらでも代われる人がいるはずなのに……。我慢していた涙が溢れ出す。

「胡桃……」

みなみが私の隣に座を移って、私の背中をさする。その手の温もりに、余計に涙が止まらなくなる。

「ううん。泣くほどつらいことだもん。でも、胡桃たちなら大丈夫だよ」

「ごめん……みなみ……」

みなみはそう言うけれど、自信がなかった。

「じつはね、もう一つ大変なことがあって……」

「何？　どうしたの？」

「今日、店長に告白されたの」

背中をさすっていた手が動きを止めた。みなみにとっても驚きだったのだろう。少し上ずった声で、「店長、彼女は？」と私に尋ねた。

「ひと月くらい前に別れたみたい。そのことは優君も知ってる」

「胡桃には失礼かもしれないけれど、店長、一人になって、寂しくなっただけじゃないの？」

「どうだろう……」

「って言うか、胡桃は付き合いたいの？　須賀原さんと別れて」

その言葉に私は何も答えられない。

「胡桃……」

「わからないの。混乱してて……。ただ、優君がいなくなるのはすごく苦しい」

優斗君の存在が私の心を占めているのは確かだった。でも、私は何年もの間、店長に恋をしていた。今日は店長に触れられたとき、後ずさってしまったけれど、それが自分の本心なのかわからなかった。

「もしかして本当に迷ってるの？」そうみなみが心配そうに尋ねたときだった。私たちのすぐ後ろの席で、激しく椅子を引く音がした。何事かと思って振り返ると、岩切さんが上から私を鋭く睨んでいた。

「あなたって、最低ね！　須賀原君がかわいそう」

面識がないにもかかわらず、岩切さんは強い口調で私にそう言うと、冷たい視線を浴びせて、お店を出ていってしまった。

「く、胡桃、大丈夫？　私は戸惑うのは当たり前だと思ってるよ」

私は両手で顔を覆った。みなみは同情してくれたけど、岩切さんは少しも間違ってない。たしかに私は最低だ。

何一つ問題が解決しないまま、時間だけが過ぎていく。あれから優斗君とは何度も会っているが、転勤の話は互いに触れなかった。

店長からは、返事を求められることはなかったけれど、スキンシップの機会が格段に増えた気がする。でも、昔のような嬉しい気持ちにはならなかった。

そうこうしているうちに九月に入り、あっという間に、優斗君の出発前日を迎えていた。

優斗君は数日前から準備のための休暇をもらっていて、この日、私も休みをもらった。明日、日本を離れるというのに、優斗君は「どこに行く？」といつもどおりの優しい笑顔で私に尋ねる。

普段なら彼にお任せの私だけれど、「海に行きたい」と言って、初めて結ばれた日に見た海に連れていってもらった。

優斗君の車に乗ることももうしばらくない。そんな想いで運転席の彼の横顔を見つめていた。

今日は晴天のため、海は前と違う顔を見せていた。水面が青く、水平線がくっきりと浮かんでいる。絵になりそうな美しさなのに、真っ青な海が今は物悲しく見える。

「綺麗だね」

「はい……」

優斗君の目には綺麗に映っているのだろうか。その表情からは今、どんな気持ちでいるのか読み取れない。

「シンガポールから行けるラワ島ってとこは海が綺麗なんだって」

「……そうですか」相づちは打ったものの、シンガポールの話は聞きたくない。耳を塞いでしまいたい。

「コテージがいくつか建っていて、遊べる施設もあるみたいだよ。ほかにもウミガメが見られる島もあったはず。なんだったっけな……」

私はその島には興味を持てなくて、それより、優斗君の顔を目に焼きつけるように見つめていた。

「ごめん。忘れちゃったけど、綺麗なところがあったはずだよ……」

優斗君はそう言って笑った。私も無理やり笑顔を作ったけれど、きっと少しも楽しそうに見えなかったに違いない。でも、強い風が私の髪をなびかせ、顔を隠してくれた。すると、優斗君が私の髪を耳にかけてくれた。

「……ありがとうございます」

「胡桃の髪、ほんと柔らかい」

優斗君が腰を屈めて、逆側の髪も耳にかけてくれた。そして、真っすぐに私の瞳を見つめて、「可愛い……」と囁くと私にキスをした。

「胡桃の唇、冷たくなってる……」

「優君もだよ。風が冷たいから……」

「一緒だね」

こうしていると、明日からいなくなってしまうなんて信じられない。

「優君……」

「ん？」

「寂しい……」

困らせるだけなのはわかっているけれど、切なさが込み上げる。

「胡桃……」

「本当に、行っちゃうんですね」

やはり、優斗君が困った顔をした。屈めていた腰を正し、海の方を見つめると、小さな声で「うん」と言った。

「でも、胡桃にとって、いい機会かもしれない」

「え？」

優斗君が悲しげに私を見下ろす。

「彼、胡桃が好きなんでしょ？」

「優君……」

〝彼〟とは、店長のことに違いない。でも、なぜそのことを優斗君が知っているのか不思議だった。一瞬、みなみが話したのかと思ったけれど、もう一人、ピンときた人物がいた。きっと、岩切さんだ。

「本当は言わないでおこうと思ったんだけど、胡桃のことを思うと、やっぱり……このまま知らないふりをしているのは、よくないよね……」

そして、優斗君は私の手を強く握ると、「今日は恋人らしくさせて」と言った。

私は何を言われているのかよくわからなかった。けれど、店長から告白されたことを私が黙っているのは負担だろうと思って、言ってくれているのだと解釈した。そして、しばらく会えないから、楽しく過ごそう、と。


出発の朝、仕事で空港まで見送りに行けない私は、玄関でたくさんキスをして別れた。合鍵は渡していたため、優斗君を残して、私が先に出た。

廊下を曲がる前に玄関を振り返ると、優斗君が穏やかに微笑みながら、何度も手を振ってくれた。

当然のように、シンガポールに着いたら連絡をくれると思っていた。でも、その日、仕事が終わって帰宅すると、テーブルに置き手紙があった。

『今までありがとう。身体を壊さずに仕事頑張ってね。さようなら。　優斗』

筆跡は優斗君のもので間違いなかった。

しばらく、そのまま放心状態で座り込んでいたけれど、ハッと思い立ち、玄関へと走った。新聞受けを開けると、丁寧に封筒に入れられた鍵があった。

「優君……」

どうしてこんなことをしたのだろう。さよならも言わせてくれないなんて……。でも、それは全部、曖昧にしていた自分のせいだ。私はその場に泣き崩れた。

翌日は休みだったので、一日中、部屋に閉じこもり、優斗君のことを思っていた。何度も指輪を見つめ、何度もスマホを手にして電話をかけようとした。でも、できなかった。

それから、何度「優君……」と彼の名を呟いたかわからない。ベッドに入ると、優斗君の優しい笑顔と温もりを思い出す。その鮮やかな記憶が、今やすべて悲しい色に変わり、涙が枯れるまで泣いた。

その翌朝は覚悟していたとおり、鏡に映った顔はひどいものだった。でも、正直、どうでもよかった。ただ、優斗君にメイクを直してもらった記憶がよみがえり、また涙が溢れた。

仕事に出れば、少しは気が紛れるかと思ったけれど、お店の中も優斗君の思い出でいっぱいだった。トルコキキョウ、ヒマワリ、レインボーローズ……いつもなら心を和ませてくれる花たちが、悲しみを誘う。胸が苦しくて、作業に集中できず、小さなミスを繰り返してしまった。

そんな状態が一週間ほど続いたある日、店長に夕食に誘われた。乗り気はしなかったけれど、すでに上がっていた治人さんも来るというので、いつもの居酒屋に三人で向かった。

個室の座敷に通され、テーブルを挟んで私の正面に治人さん、斜め前に店長が座る。

「最近、彼氏とはうまくいってる？」

飲み始めてしばらくして、治人さんが軽い口調で言った。私は無理やり笑顔を作って、「いい感じです」と答えた。

治人さんには、転勤の話も、別れたことも伝えていない。別れたことは店長にもだ。

「そう。いい彼氏だもんな。優しそうだし。ずいぶん前から胡桃ちゃんを見に、よく店の前にいたもんなぁ」

店長は静かに食べ物をつまんでいるが、私の目は治人さんに釘づけになる。

「……ずいぶん前からって、いつ頃からですか？」

「彼が店に来るずっと前からだよ。あれは長いこと、胡桃ちゃんに惚れてたね」

「長いことって……」

「聞いてみなよ本人に。いつから私を好きだったの？　って」

治人さんは女口調で冗談っぽく言う。本当の話だろうか。今すぐ確かめたいけれど、簡単に聞ける距離にはいない。

「いいよなぁ、若いって」

そう言ってすぐ、治人さんのスマホが鳴った。相手は治人さんの奥さんからで、「悪い」と言って、席を外してしまった。

以前なら、こうして店長と二人きりになるだけで、胸を躍らせていたのに、今は重苦しさしか感じない。気まずいけれど、無言でいるのもつらいので、私は床の間に飾られた生け花に視線を向けて、「お花、綺麗ですね」と言った。それは店長が作ったものだ。

その場しのぎに言った言葉だったけど、まじまじと見ると、柳を円形にし、端にピンクのストックをまとめて生けてあって、さすが店長だと思う。

「ありがとう。ストックの花言葉は〝愛の絆〟なんだ」

「愛の絆……」

繰り返すと、店長がゆっくりこちらに手を伸ばしたので、手を握られるのではないかと思い、思わず私は手を引っ込めた。けれども、いささか自意識過剰だったようで、店長は重ねてある空の小皿を取り、自分の前に置いただけだった。

過剰に反応してしまい恥ずかしい。いたたまれず、手を膝の上で握りしめるけれど、店長は気にしていないようなのでホッとする。

「ねぇ、胡桃ちゃんと僕なら、絶対うまくいくと思わない？　長く一緒に仕事をやって互いのことをよく知ってるわけだし、彼より絆は深いと思うけどな。遠距離なんて、きっと続かないよ。会いたいときに会えないし、相手がどう言っても、本当のところはわからないし。……信頼関係はすぐに薄れる」

その言い方はまるで店長自身の経験を語っているように思えた。

「近くにいる相手のほうがずっといいよ」

店長は少し切なそうに笑う。

「店長は……前の彼女さんとはずっと遠距離でしたよね？」

店長の彼女のことを、私から話題にするのは初めてのことだ。優斗君と付き合う前は、知りたくなくて避けていた。それなのに、今、簡単に聞けたのは、嫉妬を感じていないからだ。

「そうだよ」

「どうして、別れちゃったんですか？」

私が無遠慮に聞くと、「彼女が浮気したから」と少し言いづらそうに答えた。

「浮気ですか……」

「そう。彼女は否定してるけど、ちゃんと証拠もあるんだ……。相手は僕の友人だったんだ。知り合いから、いくらでも情報が入ってくるから」

店長はひどくつらそうな顔をしてビールを煽った。きっと心の傷は深いのだろう。

「胡桃ちゃんは僕が嫌い？」

「え……」

「まだ、好きな気持ちは残ってるでしょ？　付き合えば、簡単に彼のこと、忘れられると思うよ」

店長の言い方はなんだか意地悪で、少し攻撃的にも感じる。

「ずっと僕のことが好きだったんだから、彼を忘れればいいだけだよ。これから絆を深めよう」

店長がそう言ったとき、治人さんが戻ってきた。おかげで話題は仕事の話に移り、胸を撫で下ろした。

それから二時間ほどでお店を出た。一階に下り、別れ際に店長に「またね」と頭を撫でられているとき、目の前を岩切さんが通った。

岩切さんも私に気づいたようで、二、三歩通り過ぎたところで立ち止まると、振り向いて、鋭い視線で私を睨んだ。その強い瞳に捕らわれ、私は目をそらせず、彼女と見つめ合う。

「胡桃ちゃん、どうしたの？」という店長の声で、岩切さんは再び歩き出したけれど、私の視線は彼女の背中を追う。

もう一度「胡桃ちゃん？」と呼ばれて、ようやく店長に視線を移した。私は「すみません、お疲れさまでした」と言うと、走って後を追いかけた。

岩切さんに追いつくと、彼女は私が追ってきたのを知っていたかのように振り返った。視線と視線がぶつかる。私は自分で追っておきながら、何も口にできない。自分自身、何をしたかったのかわからなかったけれど、追いかけずにはいられなかった。

しばらく沈黙が続いた後、彼女が先に口を開いた。

「……なんですか？　口止めでもしにきたんですか？」

「えっ⁉」

「安心してください。あなたが浮わついていたことは須賀原君に言わないから」

彼女のキツい言葉にショックを受ける。

「どうせあなたのことを伝えても、須賀原君が私を見てくれることはないもの……」

「……え？」

「前にカフェであなたの会話を聞いたことを彼に伝えて、私じゃダメかって言ったけど、ダメだったから……」

険しかった岩切さんの顔が切なく歪む。まるで泣き出しそうなほどに……。

「私のほうが好きなのに……」

その台詞には聞き覚えがあった。以前、優斗君にも同じようなことを言われたことがあった。

〝俺のほうが彼より胡桃を好きでも？〟

優斗君の言葉と苦しそうな表情を思い出し、胸が痛く締めつけられる。あのとき優斗君は心で泣いていただろうか。

「あなたやっぱり最低ね」

何も言えずにいる私をそのままに、岩切さんは身体を翻して足早に去っていった。

もしかすると、泣いているのかもしれない。

岩切さんにとって、私は本当に最低な女だろう。ひどいことを言われたけれど、たしかにそのとおりだ。

「胡桃ちゃん……」

その場に立ち尽くしていると、誰かに肩を叩かれた。振り向くと、治人さんだった。

「なんか、いろいろこじれてるみたいだね……。店長もどうしちゃったんだろうね」

治人さんがため息交じりの笑顔を見せる。

その言葉で、私はろくに頭も下げずに店長と別れてしまったことに気づく。

「店長は？」

「胡桃ちゃんにフラれて、すぐ帰ったよ。一緒に帰りたかった？」

私は大きく首を横に振った。

「そうだよねぇ。さあ、帰ろうか。冷えてきたし」

そう言って、治人さんは私の背中に少し触れて、駅の方へ誘（いざな）った。その手は温かくて、少し気持ちを落ち着かせてくれたけれど、私が欲しい手でないと感じた。優斗君は今、どうしているだろう。


帰宅すると、寂しさを紛らわせるため、「ただいま」と声を出して玄関に入った。以前と同じ一人の暮らしに戻っただけなのに、優斗君と付き合う前よりも、今のほうが寂しい。彼の使った歯ブラシ、食器、カミソリ、ベッド……部屋の至る所に、二人で暮らした痕跡があるからだ。

私と違って新しい場所に住む、優斗君の部屋には、きっと私の物は一つもない。そう思うと、ひどく悲しい。

私は優斗君からもらった指輪を取り出し、左の薬指に着けた。そして、天井に向けて、手をかざした。黄透明の石は悲しく綺麗に輝いている。

デートのときに着けると、優斗君はいつも喜んで、似合っていると褒めてくれた。でも、どんな素敵な指輪も、彼がいなければ無意味だ。

　優斗君は、何度も私を好きだと言ってくれた。私はその言葉に甘えて、自分の気持ちに向き合ってこなかった。私から彼に、一度も〝好き〟だと伝えていない。いつの間にか、こんなに好きになっていたというのに……。

　いなくなって、ようやく私にとって、優斗君がどんなに大切な人かわかった。早く彼と話がしたい。それから、ちゃんと今の気持ちを伝えたい。

　そう思って、何度もスマホは手にするけれど、フラれてしまったことで、電話をかける自信がなかった。

　以前と違って、優斗君のスケジュールもわからない。忙しいときに電話をして、邪険に扱われるのが怖い。それにもしかすると、すでに別の人を好きなってしまっているかもしれない。もしそうなら、そのことを聞きたくなかった。

　フラれたときのショックも大きかったけれど、時が経つにつれ、癒されるどころか、私はますます自信をなくしていた。それでも今、自信を持って言えることは、店長の気持ちには応えられないことだった。

最終章　コットンキャンディに想いをのせて

十月下旬の木曜日、退職祝いの花束を注文しに、田辺さんが店にやってきた。もし優斗君がいたなら、彼が来ていたかもしれないと思うと、秋風のような寂しさが心に押し寄せる。

注文票を書き終えると、私は「優君は元気にしてますか？」と尋ねた。田辺さんは「先週、会社に電話があったけど、元気そうだったよ」と言った。ホッとする一方で、私がいなくても元気にしていると聞くと、それはそれで切なくなる。

「そうだ。写真が送られてきたんだけど見る？」と田辺さんが言った。

私がうなずくと、スマホを取り出して写真を見せてくれた。てっきり優斗君の姿が写っていると思いきや、薄ピンクの〝バンダ〟の写真だった。

「これ、ですか？」

「そう。シンガポールの国花だって送られてきた」

「これだけですか？」

「うん。休みの日にシンガポールの植物園に行ったんだって。そのとき撮った写真みたいだよ」

　植物園は、私たちが初めてキスした場所だ。もしかすると、優斗君は私のことを懐かしんで足を運んだのかもしれない。バンダの向こうに、希望の光が少しだけ見えた気がした。

「あの……この写真、私に転送してもらえませんか？」

　田辺さんはすぐに私のスマホへに送ってくれた。

　その夜、さっそく、スマホの待ち受け画面をバンダに変えた。今までは同じ花でも、店長からもらったレインボーローズを待ち受けにしていた。今思えば、優斗君のことだから、そうしたことにも敏感に気づいていたに違いない。そして、そんな私の曖昧な態度が、優斗君を傷つけ、不安にさせ、最悪の結果を招いたのだと思う。

　もう一度、優斗君に会うなら、その前に店長のことにきちんとケリをつけなければならない。そして、今さら遅いと言われるかもしれないけれど、優斗君に会って、きちんと今の気持ちを伝えたい。

　お店ではバンダと呼んでいるその花の和名は翡翠蘭。私は和名のほうが綺麗なので好きだ。花言葉は〝願いを込めて〟――。私は彼に早く会えるよう願いを込めて、目をつぶると、スマホを胸に当てた。

翌日、閉店後に外の片づけを終えると、私は店長に「お話があるんですけど……」と切り出した。この日、治人さんも留実ちゃんも上がった後で、店長と私の二人しか残っていなかった。

「話って、仕事のこと？」

「いえ、プライベートなことです」

「……今日じゃなきゃダメ？」

店長は明日の予約分の注文票に手を伸ばし、いかにも忙しそうに作業を始める。私は「時間は取らせません！」と、少し大きめの声を出した。

「わかった。で、どうしたの？」

店長は観念したように言うと、注文票を作業台に置いた。

「店長、私、店長とは、お付き合いできません。好きな人がいるんです」

「好きな人って……遠距離の彼のことでしょ？」

「はい。彼が好きなんです。彼だけが……」

今になってようやくわかった、私の好きな人……私の心が求めている相手は店長ではない。

「私、店長が好きでした。ここで働き始めてから、ずっと好きでした」

「胡桃ちゃん……」

「でも、その気持ちは今、彼にしか向いてないんです。店長のことはとても尊敬しています。でも、お付き合いはできません。私のことを〝好き〟だと言ってくださってありがとうございました。ごめんなさい」

私は店長の目を見てはっきりと伝えた。そして、自分の足先が見えるくらいに深く頭を下げた。

しばらく店長は無言だった。その間、私は頭を下げ続けた。

「顔を上げて……」

しばらく視界がぼんやりとした。でも、店長が困り顔で、私を見つめているのはわかる。

「僕も謝らないといけない」

「え？」

「前に言ったと思うけど、胡桃ちゃんが僕を好きだって、ずいぶん前から気づいていた。でも、今までずっと、その気持ちに気づかないふりをしてきた。それなのに、彼女と別れた途端、僕も好きだなんて、都合がよすぎるよね」

「店長……」

「胡桃ちゃんのことはもちろん好きだよ。でも、もし胡桃ちゃんじゃない子が僕を好きだったとしても、同じことを言っていたかもしれない。たぶん、寂しさを埋めたかっただけなんだ。真剣に考えてもらって、ありがとう」

　その言葉が、本心かどうかはわからない。仮に本心だったとしても、怒る気にはなれなかった。〝二人〟の後の一人の寂しさは、今、私も実感しているからだ。

見つめ合ったまま、押し黙る。店長の気持ちはわかっても、どんな言葉をかければいいかはわからなかった。

　すると、店長が私の頭に手を載せた。

「明日から、胡桃ちゃんと僕はただの仕事仲間ね。って言っても、これまでも仕事仲間でしかないけど」

　昔好きだった店長の爽やかな笑顔が近くにある。最近は敬遠してきたけれど、今はその笑顔を素直に受け入れられる。

「本当にすみません。ありがとうございます」

「そんな、謝られることでも、お礼を言われることでもないよ。これからも何かあったら言って」

　店長はやはりいい人だと思う。私にはもったいないぐらいに。

「店長、じつはもう一つお願いがあるんです」

「うん。何？」

「来週の定休日を入れて三日間、いえ、二日間でも構いません。お休みをいただけませんか？」

　小さな花屋なので私用で休みをもらうのはとても気が引ける。でも、優斗君に会いに行きたかった。そのためには、最低でも二日間の休みを取らなければならなかった。

「三日でいいの？」

「え……」

「今ならもう少しわがまま聞くよ」店長は優しく笑った。「五日間休みをあげる。でも、その後、装花の予約が入っていて忙しくなるから、ちゃんと帰ってきてね」

　私に気遣いさせないように、店長は少しおどけた調子で言った。

「店長……」

「来週の金曜日から五日間、休みをあげる。それでいい？」

「あ、ありがとうございます」

　私はもう一度、深く頭を下げた。


　一週間後、優斗君に会える。飛行機の切符を取ったり、荷物を準備したりすることを考えても、ベストなスケジュールだ。

　お店を出た私は気分が高揚して、一人で歩いているのに自然と笑みがこぼれてしまう。ここしばらく寂しさしか感じなかった街のネオンが、今日はきらきらと輝いて見える。

　浮かれていた私は周りをよく見ていなかったのか、突然、肩に衝撃を感じて倒れそうになった。どうやら通行人とぶつかってしまったらしい。肩に鈍い痛みを感じつつ、「すみません」と謝りながら振り向くと、ぶつかった相手は岩切さんだった。

　気持ちが一気に萎む。〝最低ね〟と言われたときのことを思い出し、逃げ出したくなる。罵声を浴びせられるのを覚悟する。

　ところが、意外にも岩切さんは「こちらこそ、ごめんなさい」と視線こそ鋭いものの謝ってくれた。

「いえ。私が前をよく見てなかったんで。本当にすみませんでした」

　改めて私が頭を下げると、岩切さんは「別にいいわ、じゃあ」と言って、すぐに去ろうとした。

「あの……」

　なぜ引き留める気になったのか、自分でもわからない。

「何？」

「あ、あの……私、彼に会いに行ってきます」

「はぁ？　何、それ？　私にノロケたいの？」

「そ、そうじゃありません。私、彼とは別れてるんです。……フラれたんです」

一方的にもかかわらず、なぜか伝えずにはいられなかった。

「……フラれたって、あなた何したの？」

岩切さんの瞳から鋭さが少しだけ消える。

「おっしゃっていたとおり、私がフラフラしていたせいです」

なんて言えばいいのか、岩切さんも困っているのだろう。気まずい沈黙が私たちを支配する。先に口を開いたのは私だった。

「でも、来週会いに行ってきます。今度は私から告白しようと思って……」

「今さら告白ね……。須賀原君がどれだけの間、あなたのことを好きだったか……」

岩切さんはそう言うと、口を閉じた。彼女の言葉が喉に刺さった小骨のように、心に引っかかる。でも、すぐに「彼、向こうですごく人気があるんだって」と、岩切さんは私を刺激するような言葉を投げた。

「えっ⁉」

「彼女がいないなら、もう誰かの誘いを受けてるかもね」

岩切さんは同じ会社なので、まったく根拠のない話ではないだろう。きっと、本当のことだ。胸が痛む。

「……まあ、本当のところはわからないけど」

「……」

「でも、頑張ってなんて言わないから。……ただ、もしうまくいったら、今度こそ彼を悲しませないであげて」

岩切さんは泣きそうな顔で言った。

「はい……」

それ以上何も言わず、岩切さんは立ち去った。

もし私が同じ立場なら、同じことが言えるだろうか。それだけ優斗君を想う気持ちが、彼女のほうが強いのかもしれない。

フラれるかもしれないけど、私も岩切さんのようでありたいと思った。


翌週の月曜日、私と店長で外の鉢を並べていると、突然父がお店に顔を出した。

父の職場は日本橋エリアとはかけ離れている。驚いて「お父さん、どうして……」と言うと、父は笑った。

「久しぶりだな」

「ひ、久しぶり……」

すると、その様子を見ていた店長が父に丁寧に挨拶をしてくれた。父もにこやかに挨拶を返すのを見て、ホッとする。花屋で働いていることを、母が快く思っていないのはわかっていたけれど、父がどう考えているかはわからなかったからだ。父は自分の意見や考えを表に出す人ではなかった。

「取引先の社長のお見舞いに行った帰りなんだよ。そういえば、胡桃の店はこの近くだったなぁと思って、ちょっと寄り道してみた」

「そっか……」

「せっかくだから、母さんに花でも買って帰ろうかと思ってるんだけど、どの花がお薦めかな？」

そう言って、父はお店の外に並ぶ鉢に目を向ける。

お薦めと言われても、長らく実家に帰ってないため、ベランダの様子がわからなかった。そのあたりの話題に触れたくない私は、「このあたりかな」と適当に薦めてしまった。

すると、父は「そうか」と言って腰を屈め、私の指した辺りの花をしげしげと見始めた。申し訳ない気持ちでいっぱいになる。

「胡桃、この暗い花はなんだい？」

「えっ？　あぁ、チョコレートコスモスだよ」

「チョコレート？　ふーん、そうか。これにしよう」

父はしゃがみ込んで、三つ並ぶチョコレートコスモスの鉢を見比べる。私はしばらく立ったままその様子を見ていたけれど、隣に腰を屈めた。

「本当にこれでいいの？」

チョコレートコスモスの鉢を真剣に見つめる父に私は尋ねる。私は好きな花だけれど、プレゼントにしては暗めだ。

「あぁ」

「……そっか。それならこっちのほうがいいよ。蕾がたくさんあるし」

「そうかい。じゃあ、これにしよう」

父は私が選んだ鉢を手に取ると立ち上がった。父に会うのは本当に久しぶりで、近くで見ると、ずいぶん髪が白くなっていた。

「ラッピングしようか？」

「胡桃がしてくれるのか？」

「う、うん……」

すると父は「じゃあ、お願いするよ」と言って、私に鉢を渡した。

父の前でラッピングをしていると、「なかなか上手いな」と言われる。

「ん、ありがとう」

照れくさくて、抑揚のない素っ気ない返事になってしまう。ほかのお客さまの言葉なら、小躍りするところだ。

「母さん、喜ぶよ」

「……うん。そうかもね……」

「母の日の花も喜んでたぞ」

「そっか……」

母の日には、一応カーネーションの鉢を実家に送った。すぐ母からお礼の電話がかかってきたのに、ろくに話もせずに切ってしまった。さすがに悪いことをしたと思ったけれど、自分からかけ直すことはなかった。

「胡桃……」

「ん？」

「たまには帰ってきなさい」

私は鉢を包む手を止めた。

「……うん」

「母さんも喜ぶぞ。もちろん、父さんもな」

きっと父なりに、私と母の関係を心配しているのだろう。

お店の外まで父を見送ると、「風邪引くなよ」と優しい言葉をかけられる。

「お父さんもね」

私は笑顔を作り、手を小さく振る。頭の中は父が言った〝帰ってきなさい〟という言葉でいっぱいだった。父の後ろ姿を見つめながら、そろそろ母とも向かい合うべきときが来ているように思った。優斗君と会う前に、身の回りの問題を解決して、きちんとした自分になりたかった。


翌日の定休日、私は夕方になると実家へと向かった。実家へ帰るのは、およそ二年ぶりのことだ。国分寺駅に近づくにつれ、緊張が高まっていく。

国分寺駅から実家のマンションへ向かう。時刻は七時半。銀行員の両親はたいてい八時には帰宅している。実家の鍵は自宅の鍵とともにキーケースの中にあるので、もし両親が不在でも、部屋に入って待つことができる。

エレベーターで七階に上がり、廊下の一番奥の部屋の前まで進む。深呼吸を一つして、玄関のチャイムを震える手で押した。

すると、ドアホン越しに「胡桃!」と、母の驚く声が聞こえた。

「こ、こんばんは……」

そう言うと、母がすぐさまドアを開けた。

「胡桃……」

顔を出した母は呟くように言うと、私の顔をまじまじと見つめる。ずっと避けてきたのだから、突然の訪問に驚くのも無理がない。

「お、お母さん、ひ、久しぶり」

見つめられて余計に緊張してしまい、舌がうまく回らない。しかし、母はひとしきり私を見つめると、微笑み「あがりなさい、ほら」と言って、ドアを大きく開けた。

玄関に入るとまず目に入ってきたのは、壁に飾ってある、私の成人式の写真だった。私が実家を最後に訪ねたときには、なかったような気がする。

部屋の様子は大きくは変わっていなかったけれど、見覚えのないクッションやマッサージ機が加わっていた。

「お父さんは？」

「お風呂よ。もうすぐ上がると思うわ」

母と二人きりでないことに安堵しつつ、後ろを振り向いたとき、ダイニングテーブルの上にチョコレートコスモスの鉢があるのが目に入った。それに母も気がついたようで、「胡桃、お花ありがとう」と私に笑みを浮かべて言った。

母の口から花の話が出てくるとドキリとする。次に〝仕事はどう？〟と聞かれるのがお決まりのパターンだからだ。

でも、母は「チョコレートコスモスって言うのね」と私に言った。

「う、うん。そう」

「素敵な名前よね」

「そうでしょ……」

「ありがとう。母の日にも、お花を贈ってもらったのに、なんだか悪いわね」

「ううん……」

どうやら父は私からのプレゼントだと伝えたようだ。そこには、私と母を仲直りさせようという、父の想いが隠れているのがわかり、胸が少し痛んだ。

「もう少しで夕食にするけど、胡桃、まだなのよね？」

「あ……うん。でも、いいの？」

「いいに決まってるでしょ」

今日は突然ここに来たので、帰りにどこかで食べていくつもりでいたけれど、私の好きなカレーだったので甘えることにした。

久しぶりに会う母は、見た目の変化はあまりないが、以前に比べれば、なんとなく雰囲気が柔らかい。

リビングにパジャマ姿の父が入ってくると、私を見て驚いた顔をしたが、すぐに笑みを浮かべ、「胡桃、来たのか」と言った。

「お邪魔してます」

気恥ずかしく他人行儀に答えると、「ここは胡桃の家なんだから〝ただいま〟だろう」と言った。

「た、ただいま……」父の言葉が私の胸を締めつける。

「おかえり。ゆっくりしていきなさい」

そう言って笑顔を見せると、風呂上がりには必ずしていた耳そうじを始めた。

すると、母が「そういえば、ルーはまだ入れてないんだったわ」と言い、キッチンへ向かう。

「何か手伝おうか？」

じっとしているよりいいと思いキッチンに近付くと、「じゃあ、サラダよそってくれる？」と言われて、ダイニングテーブルに出ていたポテトサラダを皿に取り分ける。

キッチンに立つと母に「ちゃんと野菜食べてるの？」と心配される。

「うん……」

「仕事してると、あまり自炊もできないでしょう」

「そんなことないよ。毎日お弁当作ってるし」

「ここから通えばいいのに……。食事だってちゃんとバランスよく食べないと、倒れちゃうわよ」

「大丈夫だよ」

母は心配してくれているのだと思うが、私はやや強い口調で答えた。

「本当に大丈夫？　胡桃、せっかく栄養士の免許も持ってるんだから、忘れちゃう前に……」

母の話を遮るように「サラダの盛りつけ終わったよ」と伝える。栄養士の話が出てくると、次に転職の話になるからだ。

私の意図を感じ取ったのか、母は少し黙り、「ありがとう」と言った。やはり、母と話すと、すぐに空気が悪くなってしまう。私は「テーブルに並べてくるね」と言って、母から逃げるようにサラダをダイニングテーブルへ運んだ。

キッチンに戻ってくると、母はカレー鍋をお玉でかき回していた。後ろに髪を一つに結っているため、無表情である横顔が丸見えだ。母は考え事をするときは昔から無表情になる。今は何を思っているだろう。

ドレッシングやスプーンをダイニングテーブルに運ぶ。ちょうどそのとき、テレビから〝シンガポール〟という単語が聞こえたので、私はハッとして顔を向けた。どうやら旅番組のようだった。

「胡桃、シンガポールに興味があるのか？」

私が画面に見入っていたせいだろう。父が不思議そうに尋ねる。

「え、あ……うん、まぁ」

私はまるで優斗君のことがバレてしまったように感じて焦ってしまう。父は何か言いたげだったが、結局、そのまま父もテレビに視線を戻した。

食事の準備が整い、三人で手を合わせ食べ始める。家族で揃って食事をするのは本ろう。
当にしばらくぶりで、胸がいっぱいになる。母のカレーを口にするのも、いつ以来だ
　ひと口食べた私の口からは、「美味しい」という言葉が自然にこぼれた。
「あら、よかったわ。おかわりもあるから食べて」
「う、うん」
　なんとなく恥ずかしい。
　すると、父が「いつもより美味しいな」と言った。母が「そう、よかったわ」と
言って笑みを浮かべる。そのとき、母と目が合ったので、私も「うん。美味しいよ」
と二度目の褒め言葉を口にした。
「胡桃、明日は仕事なのか？」
　父に聞かれた私は、母の前のため「うん」と無意識に小声になって返事をする。案
の定、母が「決まったお休みは火曜だけなのよね？　週に二日は休めてるの？」と顔
を歪めた。
　銀行員の両親は土日、祝日は休みで有給もしっかり取れる。私とはまるで世界が違
うため、休みがはっきり決まっていないこと自体、理解しがたいのだ。
「まとめてもらうこともあるから、平均すればもらえてるよ」
　私はやや強めに答えたが、母は何か言いたそうな顔をした。しかし、次に口を開い

たのは父だった。

「働きやすそうな職場だったぞ。店長さんも優しそうだったしな」

「うん……」

「ほかの従業員もいるんだよな？」

「うん。もう一人正社員がいて、あとアルバイトの子も。だから、火曜以外のお休みは、それぞれの都合を調整しながら、交代で取るの」

私は黙ったままの母を上目遣いに見る。母は「それならいいけど……」と言ったもののの、納得はしてなさそうだった。

やはり、母には私の仕事は理解してもらえないのかもしれない。私は悲しくなって、視線を母から父に移した。

「仕事は忙しいか？」

「うん。まぁまぁかな……」

「そうか」

父が私の答えに相づちを打つと、母が「残業はあるの？」と尋ねてくる。

私は一瞬びくついたが、「ないよ、ほとんど……」と小さく首を振った。

「ほとんどって、お店が閉まるのも遅いでしょう。帰りは大丈夫なの？　それに残業したぶんはちゃんとお給料もらえてる？」

「う、うん……」

　正直、残業する日はサービス残業といった感じだ。ただそのぶん、大手企業のようにはいかないけれど、多少ボーナスで調整してくれているので、私はよしとしていた。

　それに、今まで店長が好きだったから、生活できるお金があれば十分だと思っていて、それほど気にしていなかった。

　父が「母さん、まぁいいじゃないか。久しぶりに胡桃が来たんだから」と、穏やかな声で援護してくれた。

「ええ。だけど……」

「胡桃は頑張ってたぞ」

　今夜の父はどうしたのだろう。こんなふうに援護してくれたことは、今まで一度もなかった。嬉しさよりも先に驚きを感じる。

　私が父の横顔を見つめていると、父は母に「おまえだって、胡桃を見に行ってたから知ってるだろ」と、さらに驚くような発言をした。

「えっ⁉」

　私の口から小さな声が漏れる。それからすぐさま母に視線を向ける。

「そう……なの？」

　母は黙ったまま答えない。

私が「お店まで来てくれてたの？」と重ねて聞くと、ようやく口を開いた。

「ええ。胡桃が全然帰ってこないから」

「……」

母がお店のそばまで足を運んでいたことを初めて知る。

「一人娘だもの。気になるに決まってるじゃない」

その言葉には愛情が込められているのがわかる。私は一人っ子なので、両親の愛情を一身に受けて育ってきた。それが熱心すぎて、重荷に感じていたところもあった。

でも、そのことを恨んでいるわけではない。

「声をかけてくれたらよかったのに……」

私がそう言うと、母は大きく息を吐き、「お母さんはまだ賛成してないのよ」と言った。そのせいで、私の心を一気に嫌な気持ちが覆う。

「お母さんは、胡桃が学校とか病院とか、もっと世の中のためになって、福利厚生がしっかりしたところで働くと思っていたもの。まさか花屋に就職するなんて思いもしなかった。あんなに勉強していたのに……」

母は悲しそうな顔を見せる。私はそんな母に怒られないように、派手な遊びはせず、門限を守り、勉強も頑張り、ずっとお利口な娘を演じてきた。

そのため、短大の頃はアルバイト先のＥｉｒｙが心の逃げ場所になっていった。店長を好きになった理由の一つには、そんな事情があった気が、今となってはする。

だから、従順だった私が就職先を勝手に決めたことは、母にとってはショックだったに違いない。それまで重要なことを決めるときは必ず母におうかがいを立てていた。花屋への就職は初めて自分の意思で決めたことだった。

「でも、胡桃の人生なのよね……」母が呟くように言った。「胡桃がここに帰ってこられなくなったのは、お母さんのせいなんでしょ?」

母を避けていることに、気づかれていたことは知っている。私も隠そうとはしていなかった。でも、こうして言葉にされると、心が痛む。〝お母さんのせい〟と言われるのは、さすがにつらい。

「胡桃が反発するように家を出て、花屋さんで働き始めたときは、もちろん怒りもしたけど、厳しくしすぎたのかしらって悩みもしたし、反省もしたの。ただ、実際に顔を合わせたりすると、心配になっちゃって、つい強く言いすぎちゃうのよね……」

まさか母がそんなふうに思っていたなんて、考えもしなかった。

母はため息を一度つくと、ポツリとこぼした。

「胡桃がアルバイトをしたいって言ってきたとき、反対しておけばよかったのかしらね……」

父が「おい」と言ったので、母は我に返ったような顔になる。

「とにかく、胡桃とケンカしたいわけじゃないのよ。それだけはわかって」

「……うん」

私はなんとかうなずいたものの、花屋でバイトを始めたときのことまでさかのぼって、母が後悔していることを知って、ショックだし、嫌な気分が消えない。

「母さんは胡桃を心配しているんだよ。女の子だから」

父はそう言うけれど、母にわかってもらえない苛立ちから、「心配って……お母さんが自慢できるような娘じゃないからでしょ」と、つい怒気を含んだ口調で言ってしまった。

母に反発すると、倍になって返ってくる。しまったと思ったものの、もう遅い。予想どおり母は、「そうじゃないわよ」と強めに言い返してきた。

「嘘だ、絶対、そう……」

「嘘じゃないわよ。小さなところだとお休みもろくにもらえないでしょう。花屋さんっていっても力仕事だから、身体を壊さないか心配してるの。それに仕事が終わる時間だって遅いから、ちゃんと休めているのか、いつも気になってるのよ。自慢とか、そういう問題じゃないわ」

母は目尻をつり上げ、怒りを滲ませながら、早口で言った。母の怒った顔はとても怖い。今までなら怯んでしまうところだ。でも、今日は決意して来たのだ。簡単には引き下がれない。

「じゃあ、私がお母さんの思うようなところに勤めていたなら、心配しなかったの？」

母は少し黙り込んだ後、「どこに勤めていても、胡桃のことは心配するわよ……」と言った。

「大切な一人娘だもの……」

一転して、母の声は弱々しかったけれど、ちゃんと私の耳まで届いた。と同時に、私の中の怒りが少し消える。

「大丈夫だよ。大きな会社じゃないけど、ちゃんと休みはもらえるよ。金曜日からお休みを五日間もらえるし」

「五日間も、またどうして……？」

母が不思議そうに尋ねる。私はハッとした。そうでなくても心配されているのに、ここでさらに優斗君に会いに行くなんて、とても言えない。

「どうしてって……たまには長い休みも必要かなって」

「そう……」

「そうなの」

早くこの話題を終わらせたい。

するど、父が察してくれたのか、「長くもらえるぶんにはいいじゃないか。せっかくのカレーが冷めちゃうから、とにかく食べよう」と母に言ってくれた。

母はため息交じりに「そうね」と言って、食事を再開させた。

「胡桃も食べなさい」

私は「うん」と言いつつ、心の中で〝お父さんありがとう〟と頭を下げた。

それからは、最近物忘れが多くなったとか、どこそこが痛いとか、新たに趣味で釣りを始めたとか、私の話をするのではなく、父と母の話を聞いてあげた。

食事を終えて、ひと休みしていると、母が思い出したように言った。

「五日間もお休みなら、帰ってくればいいじゃない」

「えっ……」

「せっかくだから土日にどこかに出かけてもいいし。ねぇ、お父さん？」

突然訪れた再びのピンチに、「ごめん。土日は美容院の予約を入れてあったり、みなみの買い物に付き合ったりすることになっているから、また今度、お休みをもらったときに出かけない？」と言って、可愛らしく小首を傾げた。

「いいわね。三人で出かけるなんて」

久しぶりに見る母の笑顔。

「う、うん」

「どこに行こうかしらねぇ……」

あまりに嬉しそうなので、今度は家族のために休暇を取ろうと心に決めた。

途中、気まずくなったけれど、今日、実家を訪ねて正解だったと思う。

私は母の淹れたカモミールティーを飲み終えると、実家を出た。もう子供ではないのに父も母も駅まで送ってくれて、「また帰ってきなさい」と言われたときは、胸が苦しくなったけれど、しっかりとうなずいて二人に手を振った。


優斗君に会いに行く日が迫るにつれ、気分がそわそわして、落ち着かなくなっていった。

彼の会社と自宅の住所は、田辺さんから教えてもらった。そのとき、住所表記の仕方が日本ともアメリカとも違うことを知って、それだけで怯みそうになった。私はスマホの待ち受け画面の翡翠蘭を見て、気持ちを奮い立たせた。

私は当日、手作りの cotton candy を持っていくことに決めていた。いつか手にしたいと憧れていたブーケを、優斗君に渡して告白するつもりだった。そのため、実家に帰った日の午前中に空港に出向き、ブーケの写真を見せて持ち込めるか確認した。その帰り道に、花を入れるためのカゴも購入した。

翌日の水曜日、店長に作り方を相談すると、「今後仕事にも役立つことだから」と言ってくれて、木曜日の今日、仕事の合間を見ながら、店長の指導の下、ブーケ作りに精を出した。

かすみ草は繊細で折れやすい。おざなりに触ると壊れてしまうため、優しく丁寧に扱わなければならない。何度も店長に「胡桃ちゃん、それじゃ、折れちゃうよ」と指摘されながら、丁寧に作っていった。

途中で店長が「こういうの懐かしいね」と言った。私も同じことを思っていた。こうして無知な私に仕事を教えてくれたのは店長だ。母とうまくいっていない私を、大人で優しい店長の存在がいつも癒してくれた。本当に好きだった。憧れていた。でも、今、私の心には、優斗君しかいない。

ブーケが出来上がったのは、お店を閉めてから一時間ほど経ってからだった。純白でまん丸のブーケ。持ち手のリボンは私の好きな黄色にした。

店長に確認をお願いすると、ブーケをひと回しして優しく振り、「いいね、ちゃんと挿せてる。ほどけないと思うよ」と言ってくれた。合格点をもらいホッとしたけれど、本番は明日だ。

「頑張ったね。すごくよくできてる」

「ご指導いただき、ありがとうございました」

私は店長からブーケを受け取り、大切にスタンドに立て掛けた。

　すると、店長に「胡桃ちゃん」と呼ばれた。視線を向けると、店長の手には透明のラッピング袋があり、中には薄緑色の尖った葉を持つエアプランツが入っていた。

「これ、僕からのプレゼント」

「え？」

「胡桃ちゃんのものとは違うけど、これも〝コットンキャンディ〟でしょ」

　店長が手にしているエアプランツは〝コットンキャンディ〟という名の商品で、うまく育てると、春に可愛らしいピンクの花を咲かせる。今日は鉢の仕入れ日だったけれど、積み下ろしをほぼ店長と治人さんがやってくれたので、入荷していたことを今、知った。

「いいんですか？」

「うん」

「ありがとうございます」

「エアプランツの花言葉は〝不屈〟。厳しい環境でも育ち、花を咲かせる特徴からそう言われているみたいだよ」

「不屈……ですか」

「うん。頑張って」

「ありがとうございます」

明日は負けずに立ち向かいたい。私は帰り支度を済ませると、出来上がったブーケともらったエアプランツを手にお店を出た。

自宅に着いたのは、十時過ぎ。部屋に入ると、すぐにブーケを冷蔵庫にしまった。本来はお店のキーパーで冷やしておきたいところだけど、明日の飛行機が朝九時と早いため、大きな保冷剤をカゴに入れて持ち帰った。

軽く夕食を済ませると、すでに用意済みのスーツケースを開けて、足りないものがないか、もう一度確かめる。その後、お風呂に入り、寝坊しないように早めにベッドに入った。しかし、なかなか寝つけず、一時頃までは起きていたと思う。

それにもかかわらず、翌朝は目覚ましが鳴る前に目を覚ました。

外はまだ真っ暗だけれど、シンガポールの天気は晴れの予報。冷蔵庫のブーケの状態もよく、安堵する。

メイクや着替えを済ませ、髪の毛を後ろに結い、大切にしまっていた指輪を左手の薬指に着けた。スーツケースの中をもう一度確認し、ブーケをカゴの中に丁寧に入れると、部屋を出た。

行徳駅でリムジンバスに乗り、羽田(はねだ)空港へと向かう。混んでなければ三十分の道りだけれど、渋滞を想定し一本早めのバスに乗車した。空いていた窓側の席に座ると、カゴを膝の上に乗せた。

シンガポールまでは七時間ほどかかる。シンガポールの気候は暖かいと聞いているので、少しでもいい状態でブーケを運びたいけれど、できることといえば、せいぜい水分をたっぷり含ませることくらいだ。あとは保冷剤の頑張りを祈るしかない。

バスが動き出すと、少しホッとしたせいか、シンガポールに着いてからのことが気になり始める。そもそも意気込んでブーケを用意したものの、受け取ってもらえるかどうかはわからない。

だが、頑張ると決めたことだ。もしフラれたなら五日間観光を楽しもう。そう自分を励ましてみたけれど、不安はぬぐえなかった。


空港へは予想より十分遅れで到着した。でも、出発まではまだ十分余裕がある。私はスーツケースを引き、カゴを腕にしっかりと抱えて、空港内へ入った。

海外へ行くのは高校の修学旅行ぶりだ。行き先はアメリカだったし、友人や先生が一緒だったから、不安より楽しさが勝っていた。

でも、今日は一人。小心者の私は国際線の搭乗手続きをするのも不安でいっぱいだった。花屋の休みは不規則で、旅行などほとんどしていなかったため、飛行機に乗るのも何年かぶりだ。

搭乗手続きをするために、自動チェックイン機に並び、ネットで何度も確認したやり方でチケットを発券した。ちゃんと発券できたことに安心してると、今度は荷物の預け方でまた悩む。

結局女性スタッフに聞いて、スーツケースを預け、ブーケのカゴは手荷物として持っていくことにして、申告書を書いた。それでも、保安検査場で引っかからないか不安になったが無事に通過できた。

搭乗口のすぐそばの椅子に腰かけて、しばらく時間を潰す。搭乗開始時間になると、カゴを抱えて搭乗口に向かい、飛行機に乗り込む。カゴは前座席の下部に置くことになった。

飛行機に乗っている間、ずっと足元のカゴを蹴らないか心配で、仮眠も取らないまま、シンガポールに着いてしまった。それでも、日本と時差が一時間しかないため、頭はスッキリしていた。緊張もあるのだろう。

飛行機を降りると、私はスーツケースを取りに行く前に、まずカゴの中のブーケを確認する。注意を払ったおかげで、崩れは見られなかった。続いてターンテーブルからスーツケースをピックアップし、無事、到着ロビーに出た。

ホッとしたのも束の間、周りから聞こえる声が日本語でないことに気づいて、急に心細くなる。それでも人の流れに乗り移動して、予定どおり空港の地下にある駅から電車に乗り、優斗君の勤務先に向かった。

電車を降り、駅を出て、知らない街を地図と案内板を頼りに歩く。間もなく、調べたとおりの外観のビルが見えてきて、駆け出しそうになる。到着してしまえば、あっという間のことだったけれど、安堵して、少し涙ぐんでしまった。

田辺さんから事前に優斗君の終業時刻は聞いていたけれど、時刻を確認すると、十五分ほど過ぎていた。中に足を踏み入れる勇気はなく、優斗君がまだ会社にいることを信じて、外に出てくるのをビルの前で待つことにした。

けれども、一時間過ぎても、優斗君は現れない。もしかして遅れた十五分の間に帰ってしまったのだろうかと焦り始めたところで、「ずっとここにいますけど、日本の方ですか？」と、突然スーツ姿の男性に声をかけられた。

男性の見た目は日本人っぽくて、実際、日本語も流暢だったけれど、そうでなくても人見知りがちな私の頭は〝危機〟を察知してしまい、一歩後ずさった。

「違うかな？　誰か待ってるの？」

私は怖くなって無言で会社の前から離れた。冷静に考えれば、優斗君は外出先から直帰した可能性もある。自宅を訪問するのが確実のように思えた。

事前に地図で調べてみたら、会社から優斗君の自宅までは歩いて行ける距離だったように思う。ここからすぐ近くのはずだけれど、適当に移動してしまったため、今、自分のいる場所もわからなくなっていた。

周りには日本人はいない。道を尋ねようにも、英語での説明を理解する自信もなかった。「どうしよう……」と呟く間にも、どんどん夕闇が濃さを増していく。

すると、ちょうど私の横でタクシーが停まり、客が降りたところだったので、私は慌てて「乗せてください！」と、日本語で言った。言葉は通じなくても、旅行客だと思ったのだろう、すぐに車に乗せてくれた。

しかし、肝心の行き先を伝えられない。私はとっさの思いつきで、「I want to go here」と言って、優斗君の家の住所を記したメモを見せた。

運転手は「All right」と、たぶん、そう言って、車を発進させた。

変な場所に連れていかれるのではないかとドキドキしていたけれど、ものの五分もしないうちに車は停まった。運転手が道路の反対側の高層マンションを指差している。どうやらそこが住所の場所らしい。

慣れないお金のやり取りを終えてタクシーを降りると、車は走り去っていった。私は運転手が指差したマンションを見上げる。優斗君の部屋は五階のはずだ。

けれども、エントランスはオートロックになっていて中に入れない。少し考えれば、想像できたことだ。

途方に暮れていると、「どうしました？」と突然、日本語で声をかけられた。振り向くと日本人らしき女性がスーパーの袋を抱え、小さな女の子と手を繋いでいる。今度は男性でなく、子供連れの女性ということで安心した私は、逃げずに事情を伝えた。

「あ、あの……ここの五階にお住まいの須賀原さんという方に、お花をお届けにあがったんですが、いらっしゃらなくて……」

「ああ、須賀原さんね。知っているわよ。製薬会社の人でしょ。私、ここの十二階に住んでるの。ゴミ出しのときに何度か話したことあるわよ。いい人よね」

「え、ええ……」

「空港から直接いらしたの？」女性がスーツケースに目をやる。「こんなところで待ってるの、大変でしょ。もう夜だし、マンションの中で待ってたら？」

そう言うと、女性はカードキーを取り出して、ロックを解除した。私は彼女たちと一緒にマンションの中に入った。

「ありがとうございます」

エレベーターに乗った二人にお礼を言うと、女の子が笑顔で手を振ってくれた。

私は階数表示のランプが十二階に停まるの確認すると、エレベーターの乗降用ボタンを押して、降りてきたエレベーターに乗り込んだ。

胸を突き破りそうなほど、激しい鼓動を感じながら、五階で降りる。優斗君の部屋のドアの前に立つと、緊張は最高潮に達した。

私は部屋のチャイムに震える手を伸ばした。けれども、途中でいったん手を下ろす。目を閉じて、何度か深呼吸をした後、もう一度手を伸ばした。

するると、チャイムに触れてもいないのに、ドアがゆっくりと開いた。

驚いてチャイムを押す格好のまま固まっていると、私の視界いっぱいに優斗君の姿が広がった。私が知っている優斗君より髪が短くなっていて、少し痩せた気がするけれど、間違いなく彼だった。

「胡桃……」

優斗君が大きく目を見開いて、私を見つめている。きっと、優斗君の視界にも私の姿がいっぱいに映っているはず。その様子からすると、優斗君は私がいることを知らずに、たまたまドアを開けたらしい。

「いきなり訪ねて、ごめ――」

私が話し出すが早く、「だぁれ?」という女性の声が割って入った。部屋の奥から足音とともに女性が顔をのぞかせた。

「ゆ、優君……」

私がかすれた声で優斗君を呼ぶと、甘えるように女性は、優斗君の腕に自分の腕を絡めた。

女性はとても綺麗な人で、私を敵視するように鋭く見つめている。優斗君の〝彼女〟なのだろうか。

優斗君がその気になれば、すぐ恋人ができるのはわかっていたことだ。みなみも言っていたように、こんなに条件の揃った独身男性を、女性が放っておくわけがない。でも、心のどこかで、私を待っていてくれていると思っていた。

「胡桃、どうして……」

どうして来てしまったのだろう。一番目にしたくなかった光景だった。

私はスーツケースを自分の後ろに隠し、カゴを包むように両腕を回した。きっと丸見えだろうけど、準備万端で来たことを知られたくなかった。あまりに自分が惨めだった。

逃げ出したい。このまま消えてしまいたい……。

でも、せっかくここまで来たのだ。すべて覚悟してやって来たはずだ。せめて自分の気持ちをちゃんと伝えて、綺麗に終わりにしたいと思った。

「あ、あの……」

私の声が静かな廊下に響く。胸の鼓動は激しく高鳴り、パンクしそうだ。

「優君に、お話があって来ました……」

意を決して話し始めたはずなのに、語尾が尻すぼみになる。なぜなら伝えたい相手は優斗君だけなのに、聞いている相手が二人いることを途中で思い出したからだ。

私が一瞬怯んだところで、女性が優斗君の顔を可愛らしくのぞき込み、「家まで送ってくれるんでしょ？」と首を傾げた。

家を行き来する関係ということは、恋人で間違いないだろう。もしかすると、さっきドアが開いたのは、彼女の家に泊まりに行くところだったのかもしれない。優斗君は、私と付き合っていた頃のように、彼女を優しく抱くのだろうか。

彼女の言葉から一瞬でいろいろ想像してしまう。いずれにしても、私は明らかにお邪魔虫だ。

ただ、優斗君は無表情で、何を考えているのかわからなかった。それでも、私を追い返すような言葉を口にしないでいてくれていることが、せめてもの救いだった。

私はうつむき、一度二人から視線をそらした。どうしよう……。

両手で大切に抱えている cotton candy の入ったカゴを見つめる。優斗君への想いを込めて作ったブーケは、カゴの上からは見えない。

だけど、そこにブーケがあるという事実が、自分の気持ちを伝えるという決意を思い出させる。こういう事態に遭ったとしても、ちゃんと気持ちを伝える覚悟で作ったブーケだ。

自分の気持ちを伝えたら、二人の前から消えればいい。私は覚悟を決めて、「優君……」と名を呼び、優斗君を見上げた。

すると、優斗君は「ちょっと、待ってて」とようやく口を開いた。それは私に向けての言葉だ。

戸惑いながらも私がうなずくと、優斗君は視線を女性に向け「ごめん、今夜は夏井に迎えに来てもらうように言うから……」と言って、女性の腕をほどいた。

優斗君はもう一度私を見て、「本当にちょっとだけだから、待っててね」と言うと、部屋の奥へ姿を消した。一瞬、何が起こるのかわからなかったけれど、すぐに女性と二人きりになっている状況に気づき、うろたえてしてしまう。

女性は私を鋭く見つめている。たまらず私が視線をそらすと、押し殺した声で「私たちの邪魔をしないで」と吐き捨てた。

二人は恋人同士だと思っていたけれど、はっきり〝私たちの邪魔〟と口にされることで頭を殴られたような衝撃が身体を貫く。事実は同じでも、想像するのと、宣告されるのとでは、ショックの大きさが違う。

女性は追い討ちをかけるように、「帰れば？」と冷たく言った。

彼女がそれを望んでいるのはわかる。でも、優斗君は私に待っているように言った。

あんなに気遣いができる優斗君が、〝現彼女〟を家に帰して、〝元彼女〟を部屋に残すようなことをするだろうか。私の知っている優斗君はそんなデリカシーのない人ではない。本当に目の前の女性は〝現彼女〟なのだろうか。

優斗君は玄関に戻ってくると、先ほどより少しだけ表情が和らいでいるような気がした。

「胡桃、彼女を下まで送ってくるから、部屋で待っててくれる？」

「はい……」

優斗君はスーツケースを玄関に入れると、私の背中を軽く押して、部屋の中へ招き入れた。薄めのトップスを着てきたので、彼の手の温もりがはっきりと伝わってくる。

しかし、女性が玄関の端に立ち、私を睨んでいるので、感傷に浸ることもできない。

優斗君は女性を玄関に残し、私をリビングに案内すると、ダイニングチェアに座らせた。

「ここにいて。すぐに戻るから」

私が小さくうなずくと、優斗君は玄関に戻っていった。「ねぇ、あの人は……」という女性の声がしたけれど、ドアが閉まる音とともに消えた。

きっと〝あの人は誰？〟と尋ねられたのだろうけれど、優斗君はなんて答えたのだろう。〝元彼女〟の私は下唇を噛みしめて、膝の上に置いていたカゴを、ゆっくりとダイニングテーブルの上に置いた。

ブーケの状態を確認しようとしたけれど、それより先に優斗君の部屋の様子が気になって、周囲を見渡した。

部屋は日本でいう1LDKで、私の部屋より少し広いくらいだ。物は少なく殺風景と言ってもいいかもしれない。

大きな家具は見慣れないダイニングテーブルとベッドのみ。昔使っていたローテーブルや私の服を置かせてもらっていたチェストもない。私への気持ちとともに、すべて処分してきたのだろうか。

私との思い出の欠片もない部屋に、悲しみを覚える。このままだと泣き出しそうなので、気持ちをブーケに移す。カゴの中をのぞくと、ブーケの中の保冷剤は完全に溶けていた。まだ中は冷たいが、早く出してあげたかった。

けれども、優斗君はなかなか戻ってこない。もしかすると、私のことで揉めているのだろうか。優斗君には、ここで待っているように言われたけれど、じっとしていられなかった。

しびれを切らして、エントランスまで様子を見に行こうと思い、入り口の前に立ったときだった。ドアが開き、優斗君が戻ってきた。

「帰ろうとしてた？」

優斗君が呟くような声で聞く。

「いえ」

「よかった……。おいで」

私の背中を二度優しく叩いて、中へ促した。優斗君の〝おいで〟が懐かしくて泣きそうになる。

私は再びダイニングチェアに腰を下ろす。涙を堪えるため、下唇を噛みしめて、膝の上に握り拳を作った。

「疲れたでしょ？　お茶淹れるね」

優斗君はそう言ってくれたけれど、私は首を横に振った。早く気持ちを伝えたかった。フラれるのはわかっているけれど、意志が揺らぐ前に、自分の想いを言葉にしたかった。

「優君、好きです」

「え……」

私は椅子から立ち上がり、優斗君の瞳を見つめて、もう一度言った。

「私、優君が好きです。それを伝えにここに来ました」

優斗君の黒目が大きくなる。私は感極まって、涙をこぼした。

「もう優君には、新しい彼女がいると思うけど、私はやっと自分の好きな人は優君だと気がついて、どうしても伝えたくて来たんです」

優斗君は何も言わない。私は流れる涙もそのままに続けた。

「優君とお付き合いを始めた頃は、正直、戸惑いのほうが大きくて、優君への気持ちが不確かだった。でも、一緒にいるうちに、どんどん想いが大きくなって、優君が遠くに行っちゃうって知ったときには、もう好きだった」

どうして日本にいるときに気づかなかったのだろう。もう少し早く気づければ……と思うと、ますます涙が溢れ出す。

「優君がいなくなって、毎日優君のことを考えて、ますます好きな気持ちが膨らんで、すごく会いたかった」

たぶん、私の告白はめちゃくちゃだ。さりげなくブーケを渡して、さらっと〝好き〟と告白するつもりだったのに、イメージどおりに一つも運んでいない。

それでも私はテーブルに乗っているカゴを手にし、丁寧に開けた。中に立て掛けてある純白のブーケをゆっくりと取り出して、両手で持つ。ブーケは意地悪なくらい綺麗なままだ。

すると、優斗君が穏やかな口調で、「それ、cotton candy？」と私に聞いた。名前を覚えていてくれて嬉しかった。優斗君の記憶から、消えていない私との思い出もあるということだ。

「……そうです」

「胡桃が作ったの？」

優斗君が私に一歩、歩み寄る。

「はい。優君に受け取ってもらいたくて作りました」

　優斗君は何も答えない。私は両手で持っていたブーケを片手に持ち替え、空いた手で頬をぬぐった。せめて、涙を見せずに渡したかった。

「優君に、ずっとずっと連絡したかった。でも、勇気がなかった。何度もスマホを手にしたけど、どうしてもかけられなくて、今日、ようやく休みをもらって会いに来ました」

「うん……」

「優君に会いに行くって決めてすぐに、これを渡したいと思ったんです。迷惑かもしれないけれど、受け取ってもらえたら嬉しいです」

　膝を震わせながら、優斗君の手が届く位置まで近づくと、私はもう一度両手でブーケを持ち、優斗君の顔を見上げた。

　私の瞳が潤んでいるせいか、優斗君の瞳もなんだか濡れて見える。初めてお店に訪れてくれたとき、思わず見惚れたほど綺麗なその顔が、いろいろな表情を見せることを私は知った。でも、それも今日で見納め。もうその顔を見せてくれる相手は私ではない。つらいけど、私が遅すぎたのだ。

「たぶん、明日には枯れてしまいます。ここはとても暖かいですし、かすみ草はそんなに持たないので……」

私はようやく優斗君にブーケを差し出した。かすみ草の花はすぐに花が萎んでしまう。小ママメに水切りして、冷たい場所で保管すれば、ある程度持つけれど、このままの状態だと、きっと明日には枯れる。

本当はドライフラワーにするといいが、そんな話をする場面でもない。だから、今日、ひと晩だけでも、優斗君に見てもらえたら嬉しい。

「優君……」

どうか受け取ってほしい。私は目を閉じて、唇を噛みしめた。

すると、優斗君が何かを呟いた。声が小さくて、「……ない」という語尾しか聞こえなかった。私が思わず「え？」とまぶたを開いて聞き返した瞬間、目の前が暗くなった。

私の視界を遮ったのは優斗君の胸元だった。ブーケを潰さないようにして、優斗君が私の頭を抱えていた。

混乱しながらも、きっと優斗君の最後の優しさなのだろうと思ったときだった。

「迷惑なわけがないだろ」という声が、今度ははっきりと聞こえた。さっき聞き取れなかった言葉はそれなのだろうか。でも、何を言っているのか理解できない。

「ずっと、胡桃に会いたかったのは俺のほうだよ。だから、迷惑なわけないだろ」

「えっ⁉」

私は驚いて言葉を失くした。優斗君が旅立つ前に、私はたしかにフラれたはずだ。それに先ほどの女性は、優斗君の彼女ではないのだろうか。いろいろな想いが交錯するけれど、何も言葉にできず胸が苦しくなる。

優斗君が愛しそうに私の頭を撫でる。こんなに優斗君を近くに感じてしまったら、私の心は期待してしまう。最後にせめてものつもりで渡したのに、そんな気持ちは粉々に砕け散ってしまう。

「本当に、本当に……」

優斗君の切なくて苦しそうな声が聞こえる。何を言われるか私は怖くて、拳をぎゅっと握った。

「本当に嬉しい。夢じゃないよね？」

優斗君が腕の力を緩めて、私の顔をのぞく。泣き笑いのような表情を、優斗君は浮かべていた。

「もう、無理して忘れなくていいんだ……」

優斗君は安堵したようにそう言った。そして、「胡桃……」と愛しそうに呼ぶと、私の手にある cotton candy を受け取ってくれた。

身体から一気に力が抜ける。夢みたいなのは私のほうだ。まさかブーケだけでなく、気持ちごと受け取ってもらえるなんて思わなかった。

優斗君はブーケを丁寧に両手で包むと、「すごく可愛い……」と言って、笑った。その顔はとても嬉しそうで、胸が痛くなるほど熱くなる。

「優君……」

優斗君の名を呼ばずにはいられなかった。すると、優斗君はブーケを片手で持ち、空いているほうの手で私を抱き寄せ、胸に閉じ込めた。片腕なのに力強く抱きしめられ、今起きていることが現実の出来事であることを実感する。私を包む爽やかな柑橘系の香りと優しい温もりは、たしかに彼だ。

「会いたかった。優君、好き……」

一度開いてしまった心は、簡単には閉じないようだ。本当に彼が好きで好きでたまらない。

「胡桃……」

「優君、好き……」

私がもう一度、優斗君に想いを伝えると、さらに抱きしめる腕の力が強くなる。でも、優斗君は「あっ」と声を上げると、密着していた身体を慌てて離した。その途端、彼の温もりが遠のき、幸せだった気持ちが不安に変わる。

「危なかった。せっかくの cotton candy が潰れちゃうね」

その台詞を聞いて、私はホッとする。

「大丈夫かな、潰れてないかな?」

優斗君は、そう言って私に見せたけど、涙で視界が滲んでいてよくわからなかった。そのことに優斗君はすぐ気づいたようで、涙を手でぬぐってくれた。それでも、後から後から涙が溢れて止まらない。

「胡桃が泣き虫なのは変わらないね」

優斗君は困ったような言い方をしたけれど、その声は嬉しそうだった。

「優君の……前だから……」

優斗君は「そっか」と言って、私の頭を優しく撫でると、ブーケが潰れないように、もう一度、優しく胸元に引き寄せてくれた。

「優君だけが好き……」店長はもう心にいないと伝える。

「俺もだよ」

そう言うと、優斗君は先ほどの女性について話してくれた。

「同僚に夏井っていう男がいて、さっきの女性はその奥さんの妹。夏井の奥さんは妊婦で、その手伝いに三週間くらい前に日本から来てて、今、夏井の家に住んでる。夏井の家にはよく食事に誘われていて、そのとき知り合ったんだ」

それを聞いて、たしかに優斗君は彼女を誰かに迎えに来てもらうようなことを話していたことを思い出す。途中で玄関から部屋に姿を消したけど、きっと電話でもしに行っていたのだろう。

それでも疑念がぬぐえない。そんな彼女が、なぜ今日、優斗君の家にいたのだろう。私はごまかされているのだろうか。すると、優斗君は、彼女が家を訪ねてきたのは初めてで、夕食のあまりを持ってきただけだと教えてくれた。

「突然訪ねられて驚いたけど、いつも向こうの家に上がらせてもらってるから、断れなくて。でも、もう二度と上げないよ。ごめんね。不安にさせちゃって」

優斗君は自分から、そうはっきりと誓ってくれた。

「もう心配することないよ」

私は安堵するとともに、想いが繋がった喜びを改めて感じ、優斗君の胸で大泣きした。


涙が落ち着くと、優斗君がずっとブーケを持ったままになっていることに気がつき、急いでカゴの中から、ブーケスタンドを取り出した。本来ブーケは作り立てが一番綺麗だけど、優斗君の部屋で立て掛けられるのを見られるのも嬉しかった。

「胡桃を思い切り抱きしめていい？」

私は返事の代わりに、私から優斗君の胸に飛び込んだ。優斗君は「わっ！」と驚いたものの、私は構わず彼の首の後ろに両手を回した。

「本当に胡桃だ……。もう二度と抱きしめられないと思っていた……」

私は自分から背伸びをし、優斗君の唇にキスをした。

懐かしい温もりに心が震える。優斗君の唇がそれに応えるように角度を変えてくる。たまらず自分から舌を突き出し、彼の舌と絡ませた。自分からしかけるのは初めてのことだ。

まるで吸盤のように吸いついてくる優斗君の舌に翻弄され、息をするのも惜しいほど、彼とのキスに溺れる。めまいを感じ、背伸びをしている脚がふらついて崩れ、唇が離れた。身体は彼に支えられているものの、熱が消え、寂しい。

「優君……」

私が上目遣いに見つめると、優斗君は脚に力の入らなくなった私を、ラグの敷かれた床にゆっくりと座らせ、押し倒した。私が痛くないように、彼は私の首に腕を回してくれているけれど、すぐそばにベッドがある。優斗君らしからぬ性急な行動に、私は心の中で密かに喜びを感じる。

「優君、大好き」

「俺も大好きだよ」

優斗君の顔は少し泣きそうにも見える。私の瞳を真っすぐに捕らえる彼の瞳は熱っぽく、身体の芯まで震える。

「ずっと好きだったんだ。胡桃が……」

私の唇に優斗君が自分の唇を重ねる。先ほどの続きが始まったことに、胸がときめく。すぐに彼の熱い唇が私の首に移動して緩やかに這い出すと、思考が途切れ、今は目の前の彼のことだけで頭がいっぱいになる。

「優君、好き」

優斗君は顔を上げると、応えるように唇を塞いだ。そして柔らかな熱い舌を差し込むと、歯列をなぞられる。彼は舌を入れたまま、「胡桃、もっと言って」と器用に言う。私は「大好き……」と、逃がす息とともに伝えた。

優斗君は「胡桃」と何度も囁きながら口づけを繰り返し、私のトップスに手をかけ、フロントボタンとブラのホックを次々に外していく。以前の彼は私の様子をゆっくりとうかがいながら肌を露出させていったけれど、今日はそんなゆとりはないのかもしれない。

私も、いつも羞恥心から電気を消してもらうようにお願いしていたけれど、今は早く優斗君に触れられたくてたまらない。

身体が早くもひどく熱を帯びている。それが伝わったのか、優斗君はTシャツを脱ぎ捨てるように上半身裸になると、私の身体に密着させた。その素肌が気持ちよくて、たまらず背中に腕を回してしまう。久しぶりに感じた彼の熱が、私の心も身体も溶かしていく。

「温かい。優君……」

素肌で抱きしめられるだけで、泣きそうなくらい幸せを感じる。

「温かいね。胡桃の匂いがする」

優斗君は私の首に顔を埋めた。

「私も感じる。優君の匂い」

優斗君の髪から、懐かしいシャンプーの香りがする。優斗君の肌の匂いも懐かしく、私を安心させる。

「また抱きしめられるとは、思わなかった」

「私も……。もう離れないで」

もう離れたくない。ずっと、私のそばにいてほしい。

「そんなこと言っていいの？」

「え……？」

私の首に愛撫している優斗君からその答えはもらえず、私は背中に回す腕に力を入れた。

素肌を唇でなぞり、私の肌を赤く染める。両手でやわやわと胸を揉みしだきながら、彼の唇が次第に胸の膨らみに下りていく。たどり着いた先端の周囲を集中的に舌で攻めると、不意にチクリとした痛みが走る。先端を捕らえられ、突如押し寄せる快感に身悶える。

「優君、だめ……好き……」

優斗君に抱かれる嬉しさで、声が自然と漏れ出して、抑えられない。

すると、優斗君の身体がわずかに震えて、私の素肌を食んでいた唇の吸いつきが激しくなった。それと同時に、穿いていたパンツがショーツごと剥ぎ取られた。やはり今日の彼はどこか大胆だ。

全裸になってしまったことで、一瞬身体が震えるけれど、優斗君が私を包んでくれる手も、重なる身体も温かいので寒さは感じない。もっともっと彼に包まれたいという想いに、ますます甘い吐息がこぼれる。

少し下にある優斗君の頭に、私から唇を落とす。そして、顔をすりつけ、彼の首に腕を回した。彼の唇はゆっくりと下半身に下りていき、ついに秘部へと到達した。指で優しく蕾を攻められ、その刺激に身体がのけぞる。

「いやっ……優君……」

思わず、甘い声を漏らすと、彼が小さく笑った気がした。

「胡桃、もっと感じていいよ」

そう言ったかと思うと、私の蕾は彼の舌によってもてあそばれ始めた。

「やめっ……恥ずかしい……」

言葉とは裏腹に、身体はやめないでほしいと願っている。

唇からの刺激に力が入らない。彼は蕾を舌で舐めながら、同時に私の中に指を滑り込ませ、奥にある秘所を攻める。逃げ場をすべて封じ込められた私は、なすすべもなく快感に身を委ねる。

「あっ……もうダメ……」

声にならない声を発し、身体中を電流が走ったような感覚に陥ったかと思うと、昇りつめてしまった。その快楽に脚が戦慄（わなな）き、涙がこぼれそうになる。

「優君……」

息を切らしながら彼の名を呼ぶ。呼びかけに応えるように、彼が視界に顔をのぞかせた。彼の艶やかで熱情の混じる瞳と視線が絡み合う。あまり見つめられると、本当に熱さで溶けてしまいそうだ。

「胡桃、可愛い……」

冷静な状態の私なら、そんなことないと言えるのに、今は顔を歪めることしかできない。

「苦しい？」

やはり私を気にかけてくれるところは彼らしい。私は頭を小さく横に振った。

すると、彼が耳元で「胡桃……」と囁いた。それだけで、身体の芯がぞくぞくし、物足りなさを感じてしまう。

彼と繋がりたい。彼をいっぱいに感じたい……。

こんな気持ちになるは初めてだ。私はたまらず自分から求めた。

「優君、来て……」

下着の上からでも、彼のものが体積を増していることは明らかだった。そして、情熱的な瞳で私を見つめ、切羽詰まったように私の身体を一気に貫いた。

今までの彼はいつも遠慮がちに、私の身体を気遣いつつ、熱を沈めていたのに、彼らしくない行動だった。でも、強く求められ、私の身体は最大に悦びを感じている。

最初はゆっくりだったけれど、打ちつける彼のリズムが速くなるにつれ、身体の奥を快感が突き抜け、頭が真っ白になる。さっきとはまた違う快感が私を満たしていく。

何度も彼と身体を重ねたけれど、こんなに気持ちがいいのは初めてかもしれない。

「優君……」

彼の熱を深く感じながら、私は夢中で名前を呼ぶ。何度も、何度も……。

「胡桃、愛してる」

彼の言葉が、私の胸を刺激する。

「私も……愛してる」

愛しすぎて、おかしくなりそうだ。頭の先から足のつま先まで好きが溢れる。彼と私のすれ合う熱が大きくなり、混ざり合う。身体も心も震えて、声を抑えられない。高ぶった声で、彼の熱に反応する。

「もうずっと離すつもりないから」

意識の遠くで彼の声をかすかに聞きながら、私は快楽の波にのまれていった。


まるでこれまでと別人のように私を抱いた優斗君だが、抱いた後は相変わらず紳士的で優しかった。

「胡桃、平気？」

「はい……」

別人だったのは私も同じだ。思い返すと恥ずかしい。

「可愛い、胡桃。嬉しかった。ありがとう」

優斗君が私のこめかみに唇を落とした。愛しさでいっぱいという感じが伝わってきて照れてしまう。

なんて幸せな時間だろう。ほんの数時間前まで、こんな未来が待っているなんて、想像もしてなかった。

「ようやく、胡桃の心まで手に入れられた」

優斗君が呟いた〝ようやく〟という言葉で、以前に治人さんと交わした会話が記憶によみがえる。確か店長と三人で、いつもの居酒屋に行ったときのことだ。

たしかあのとき、治人さんは優斗君のことを〝いい彼氏〟だと褒めて、お客さまになるずっと前から、優斗君が私のことを見ていたようなことを言っていた。

そうだ、最後に〝本人に確かめてみな？〟と言われて、話は終わったんだ。

「あの……ひょっとして私たち、お店で会う前にどこかで会ってるんですか？」

「えっ？　あぁ、うん……まあ……」

「えー⁉」

半信半疑で尋ねた私は、控えめながらも肯定されて、驚いてしまった。優斗君の顔をまじまじと見つめて、記憶をたどってみるものの、まったく思い出せない。

「正確には、会ってるというより、俺が一方的に見かけたっていうのが正しいかな」

「見かけた？　……ど、どこでですか？」

すると、優斗君は「引かれそうで、怖いな」と目を伏せたけれど、真相を教えてくれた。

「内緒にしておくつもりだったんだけど、俺が大学生の頃、図書館で高校生の胡桃を見かけてたんだ」

私は記憶をたどりつつ、「図書館……」と繰り返した。

「うん……。胡桃は一人だったり、友達と来てたり、毎回バラバラだったけど、映像資料室のそばの席で、よく勉強してたの覚えてる？」

たしかに高校時代、私は放課後や休日、よく図書館へ足を向けていた。母親は図書館へ行くと言えば機嫌がよかったので、行く頻度は高かった。

映像資料室のそばの席は人が少なくて、勉強がしやすかったため、私のお気に入りの場所だった。まさか、あの頃、優斗君が近くにいたなんて、思いもしなかった。

「驚いたよね？」

私は大きくうなずいた。すると、優斗君がわかりやすいほど、弱々しい表情を見せた。

「気持ち悪いって思われても仕方がないんだけど、あのときから、胡桃を好きだったんだと思う。初めて胡桃を見たとき、綺麗な子だなって思ったんだ」

優斗君にそう言われて、私は恥ずかしくなって目を瞬かせた。私の反応を見て安心したのか、優斗君は少しだけ自信を取り戻したような顔になり、私の前髪を触った。

「図書館の大きな窓から射し込む光が、いつも胡桃の茶色の髪の毛を眩しく照らしていた。とても柔らかそうで、綺麗だった」

優斗君が私の髪の毛を触る理由は、実家が美容室だからだと思っていた。でも、そのときの記憶が大きいのかもしれない。

「気がつくと、図書館に行くたびに俺は胡桃の姿を探していて、見つけたときは嬉しくて、こっそり近くに座ってたんだよ」

全然気づいていなかった。優斗君のようなカッコいい人がそばにいて気がつかないなんて、自分の鈍さに呆れてしまう。

「でも、ある日から突然、胡桃が図書館に来なくなったんだ。そのときはすごく寂しかったのを覚えてる。好きだったって気づいたのはそのとき。社会人になって、一度だけ電車で、胡桃を見かけたことがあったんだけど、どう声をかけようか悩んでいる間に胡桃を見失っちゃって。それからしばらくして、たまたまＥｉｒｙの前で胡桃の姿を見つけたんだ。たぶんまだ胡桃がまだアルバイトとして働いていた頃のことだと思う」

優斗君はそう言うと、寂しげに目を伏せた。いったいどれくらいの間、私を見つめてくれていたのだろう。

「だから、たまたま会社の同僚に花束の注文を頼まれて、ようやく胡桃と話せたあの日はとてもドキドキしたよ」

「でも優君、お店に来てくれたときもそうだけど、合コンで会っときだって、とても自然で……そんなこと、全然……」

驚きで私の言葉は途切れ途切れになる。でも本当に、優斗君は昔から私を知っているような素振りは少しも見せなかった。

「合コンで会った日はかなり強引に攻めてしまったから、恥ずかしくてあまり思い出してほしくないいんだけど、本当にかなり必死だったよ。トルコキキョウの由来も本当は楽しみで、我慢できずに教えてもらう前に調べてたんだ」

トルコキキョウの由来を話したとき、反応がもう一つだったことは覚えている。理由を聞けば、納得だった。

なんてことだろう。私が店長を好きだった期間と同じくらい、優斗君は私を好きでいてくれたのかもしれない。いや、図書館で見かけたあたりとなると、それ以上だ。きっと、その間には彼女が何人かできたと思うけれど、ずっと心の片隅に私を置いていてくれたことに感激する。

私が呆然としていると、優斗君が不安そうに私の顔をのぞき込んだ。

「胡桃……俺のこと、嫌いになった？」

私は首を大きく左右に振った。すると、優斗君は「よかった……」とホッとした様子を見せた。

嫌いになるわけがない。もう私の心は優斗君でいっぱいなのだから、逆に嬉しいくらいだ。

「ずっと……私を好きでいてくれて、ありがとうございました」

「胡桃……」

「それに、たくさん待っててくれて……」

店長が好きだった私を、ずっと優斗君はつらい気持ちで見てきたに違いない。私はそんな優斗君の気持ちを、今日まで知らずにいた。

「これからは私も、優君をずっと好きでいます」

私は優斗君の手を強く握りしめて伝えた。

優斗君は「胡桃……」と、まるで泣きそうな声で私の名を呼んだ。その表情は明らかに胸がいっぱいという感じで、私の胸を締めつけた。

すでに優斗君に抱きしめられているというのに、私は身体をより密着させたくて、彼の脚に自分の脚を絡めようとした。

そのときだった。脚がテーブルに当たり、テーブルの上の cotton candy が私たちの上に落ちてきた。それはまるで結婚式のブーケトスのように……。

彼はそれをすかさず手に取り、「俺も誓うよ」と言ってキスをくれた。

＊＊＊＊＊

それから、四カ月後の私の誕生日。

私が仕事を終えて帰宅すると、優斗君が部屋にいて、飛び上がるほど驚いた。

シンガポールで再会したとき、もう二度と返してほしくないという思いを込めて、合鍵を渡してあったけれど、昨日電話したときは帰国するなんて、ひと言も言っていなかった。

玄関のドアを開けたとき、部屋の電気が点いていたけれど、消し忘れだと思った。ところが、靴を脱ごうとして足元を見ると、優斗君の靴がある。慌てて玄関を上がると、優斗君が穏やかな笑みをたたえて、リビングで待っていた。

「おかえり」

「優君……どうして……」

私は優斗君に会えた嬉しさから、腕に飛び込みたい衝動に駆られた。けれども、優斗君は両手を後ろに隠して立っているので、受け止めてもらえそうにない。少しだけがっかりしていると、優斗君が悪戯（いたずら）っぽく笑った。

「胡桃を迎えにきたよ」

「……え？」

「結婚しよう」

すると、優斗君は後ろに隠していた手を出して、私にかすみ草のブーケを差し出した。

かすみ草は広がるため、はっきりしたことはわからないけれど、見るからにかなりの量だ。

目の前にかすみ草が現れたことで、独特の香りが広がった。それと、彼自身の柑橘系の匂いもかすかに混ざる。

「これは？」

「うん……。〝cotton candy〟にはならなかったけど、俺が作ったんだ」

「！」

驚きで、目を見開く。それはcotton candyの丸みはなく、クラッチブーケという感じだ。クラッチブーケは素人でも挑戦しやすく、花をまとめ、茎をテープで固定し、リボンを巻いて作る。

ブーケの持ち手のリボンには、私の好きな黄色が使われていて、ブーケ全体から〝好き〟の気持ちが溢れているようだ。

「受け取ってもらえる？」

優斗君の顔はほんの少し不安げだ。毎日電話やメッセージで〝好き〟と伝えているというのに……。

だから、私は優斗君の不安を吹き飛ばすくらいの大きな声で、「はい」と言って、花束を受け取った。

その瞬間、私はその場にしゃがみ込んだ。嬉しすぎて立っていられなかった。

「よかった……」

優斗君は安心したように息を一つ吐くと、私の前にゆっくりと屈んだ。私は優斗君の綺麗な瞳を真っすぐに見つめ、今の素直な気持ちを言葉にした。

「世界一嬉しい cotton candy です」

優斗君は潤んだ瞳で、私の頭を優しく撫でてくれた。

私はさりげなく身体の脇にブーケをずらすと、彼の胸に飛び込んだ。

END

この作品は小説投稿サイト・エブリスタに投稿された作品を加筆・修正したものです。

エブリスタでは毎日たくさんの物語が執筆・投稿されています。(http://estar.jp)

フラワーショップガールの恋愛事情

発　行 …………………… 2017年7月25日　初版第一刷

著　者 …………………… 青山萌

発行者 …………………… 須藤幸太郎

発行所 …………………… 株式会社三交社

〒110-0016

東京都台東区台東4-20-9

大仙柴田ビル二階

TEL. 03(5826)4424

FAX. 03(5826)4425

URL. www.sanko-sha.com

本文組版 ………………… softmachine

印刷・製本 ……………… シナノ書籍印刷株式会社

装　丁 …………………… softmachine

Printed in Japan

ISBN 978-4-87919-285-1

エブリスタWOMAN

マテリアルガール

尾原おはこ

EW-031

小川真白、28歳。過去の苦い恋愛経験から信じるのはお金だけ。愛の言葉をささやかれても、いい思いをさせてくれない男とは付き合わない。そんな彼女の前に、最高ランクの男が二人現れる。

一方で、過去の男たちとの再会に心が揺さぶられ、自分を見失いそうになるが……。

B型男子ってどうですか?

北川双葉

EW-032

凜子は隣に引っ越してきた年下の美形男子が気になり始めるが、苦手なB型だとわかる。そんな折、年上の紳士(O型)と出会い、付き合ってほしいと告白される――。

B型アレルギーだと信じ込むばかりに、本当の気持ちになかなか気づくことができない凜子。血液型の相性はいかに!?

札幌ラブストーリー

きたみ まゆ

EW-033

タウン情報誌の編集者をしている由依は、就職して以来、仕事一筋で恋はご無沙汰。そんな仕事バカの彼女がひょんなことから、無愛想な同僚に恋心を抱いてしまう。でも、その男には別の女の影が……。28歳、不器用な女。7年ぶりの恋の行方はいかに!?

嘘もホントも

橘いろか

EW-034

地元長野で派遣社員として働く香乃子は、ひょんなことから、横浜本社の社長秘書に抜擢される。異例の人事に社内では「社長の愛人」とささやかれ、秘書室内での嫌がらせは日常茶飯事。そんな逆風の中、働きぶりが認められ、正社員への道が開かれるが……。過去と嘘と真実が交わる中、香乃子の心が行きつく果ては?

優しい嘘

白石さよ

EW-035

瀧沢里英は、上司の勧めで社内一のエリート・黒木裕一と見合いをした。それは元恋人、桐谷寧史にフラれたことへの当て付けだったが、その場で黒木はいきなり結婚宣言をする。婚礼準備が進むなか、里英の気持ちは次第に黒木に傾いていく。しかし一方で、彼女はこの結婚の背後に隠された〝秘密〟に気づき始める。

エブリスタWOMAN

ウェディングベルが鳴る前に

水守恵蓮

EW-036

一ノ瀬茜は同じ銀行に勤める保科鳴海と結婚した。しかしハネムーンでの初夜、鳴海の元恋人が突然二人の部屋に飛び込んできて大騒動になる。鳴海は彼女を送っていくと言ったまま、その夜帰ってこなかった。激高した茜は翌日ひとりで帰国の途に就き鳴海に離婚届を突きつけるが……。

なみだ金魚

橘いろか

EW-037

美香子と学は互いに惹かれ合うが、美香子は自身の生まれ育った境遇から学に想いを伝えることができない。一方、学は居心地のよさを感じ、ふらりと美香子のアパートを訪れるようになった。そんな曖昧な関係が続き二年の月日が流れた頃、運命の歯車が静かに動き始める……。

TWINSOULS（ツインソウル）

中島梨里緒

EW-038

遥香は別れた同僚の男と身体だけの関係を続けている。ある日、帰宅途中の遙香の車が脱輪しているところを、偶然通りかかったトラックドライバーが助けてくれた。お礼も受け取らずに立ち去ったドライバーのことが気になっていた矢先、遥香の働く会社に彼が現れる。この再会は運命か、それとも……。

Lovey-Dovey 症候群（シンドローム）

ゴトウユカコ

EW-039

高梨涼は不倫相手に「妻と別れることができなくなった」と告げられる。自暴自棄に陥った涼は泥酔の果て、立ち寄ったライブハウスで少年のようなヴォーカルの歌声に魅了された。翌朝、隣には昨夜の少年が裸で眠っていた——。恋に仕事に揺れ動く26歳と心に傷を負った18歳の年の差の恋が、今、始まる。

バタフライプリンセス

深水千世

EW-040

大学生の田村遼は男らしい性格のせいで彼氏に振られて酔いつぶれてしまう。そんな遼を助けてくれたのは、Bar『ロータス』のバーテンダー・信幸だった。変わりたいと思い、ロータスでアルバイトを始めた遼だが……。素直になれない【さなぎ】は蝶のように羽ばたくことができるのか!?

エブリスタWOMAN

雪華 ～君に降り積む雪になる

白石さよ

EW-041

控えめな性格の結子は大学で社交的な香穂と出会い仲良くなったが、二人とも同級生の篤史を好きになってしまう。結子は気持ちを明かすことができず、香穂と篤史が付き合うことになり、結子の恋はそこで終わった。だが、香穂の死が結子と篤史を繋げてしまう。二人のたどり着く先は——?

再愛 ～再会した彼～

里美けい

EW-042

白河葉瑠は高校の時、笑顔が素敵で誰からも好かれる楢崎怜斗に恋をした。奇跡的に告白が実ったが、大学に進学したある日、彼から一方的に別れを告げられた。それから八年、心の傷を癒せないままの葉瑠が異動した先で再会した怜斗は、無愛想で女嫌いな冷徹エースへと変貌していた——。

となりのふたり

橘いろか

EW-043

法律事務所で事務員をしている26歳の霧島美織のそばに今いるのは、同じ事務所で働く弁護士の平岡彰と名前も知らないパン屋の店長。友達は『適齢期の私たちが探すべきなのは【結婚相手】だ』と言うが、美　織はパン屋の店長がどうしても気になってしまう。そんな時、平岡に付き合おうと言われ——。

見つめてるキミの瞳がせつなくて

芹澤ノエル

EW-044

札幌でネイルサロンを営む椿莉菜は、29歳の誕生日に四年間付き合っていた彼から別れを告げられる。そんな莉菜の前にファーストキスの相手である年下のイトコ・類が現れ、キスと共に告白をして去っていく。徐々に類に惹かれていく莉菜だったが、ある日類の元カノがやってきて——。

もう一度、優しいキスをして

高岡みる

EW-045

素材メーカーに勤める岡田祥子は、4歳年下の社内の恋人に30歳を目前にしてフラれてしまう。それから2年、失恋から立ち直れずに日々を過ごしていた祥子の部署に6歳年下の新井が異動してくる。そして元カレの送別会の帰り、祥子は新井に促され共にラブホテルに入ってしまう——。

エブリスタWOMAN

Once again

蒼井蘭子

EW-046

藤尾礼子は、大阪の大学で二歳年上の関口遼と恋に落ちる。しかし、彼が大学卒業後、理不尽な別れ方をすることに。27歳になり、東京で働く礼子は同じ会社の柴田久志と婚約をするが、ある日遼が礼子の前に現れる。礼子に変わらぬ愛をぶつける強引な遼。礼子は次第に翻弄されていく……。

共葉月メヌエット

青山萌

EW-047

福岡の老舗百貨店の娘・寿葉月は大学入学を目前に、8歳年上で大会社の御曹司・蓮池共哉と〝政略結婚〟をさせられる。冷徹な共哉に落胆する葉月だったが、一緒に生活をしていく中で共哉のさりげない優しさを知り、自分の気持ちの変化に気づく。一方、共哉の態度も次第に柔和になっていくが……。

さよならの代わりに

白石さよ

EW-048

大手電機メーカーで働く29歳の江藤奈都は、同じ職場の上司・東条に失恋をし、バーで知り合った皆川佑人と朝まで過ごしてしまう。彼の素性を知ることなく別れたが、数日後、人事コンサルタントとして奈都の会社に出向してきた皆川と再会。彼の提案で、期間限定で恋人同士になる契約をする——。

この距離に触れるとき

橘いろか

EW-049

30歳の小柳芹香は、二歳年下の幼馴染・永友碧斗が社長を務める名古屋の飲食店運営会社で社長秘書として働いている。芹香はヒモ同然だった年下彼氏と別れ、ある事情から碧斗のマンションで同居生活をすることに。そんな中、副社長兼総料理長の小野田照青が好意を寄せてくれていることを知る……。

Despise

中島梨里緒

EW-050

岸谷美里は高校卒業時に、堀川陸と十年後地元の千年桜の下で再会するという約束をして、別々の道を選ぶ。それから十年、服飾デザイナーの夢に破れた美里は派遣社員として就職した設計事務所で陸と再会する。夢を叶え一級建築士となっていた陸だが、プライベートは荒んだ男に変貌していた。